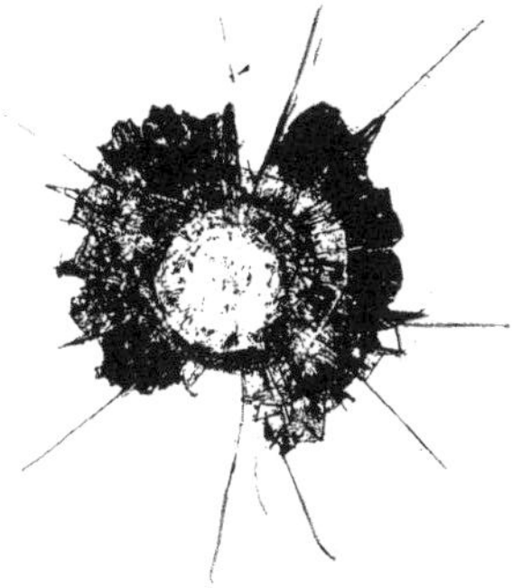

殺手家族

李甲秀 이갑수 —— 著　丁俞 —— 譯

#CONTENTS#

#黑格爾 #刺客 #家訓 #武術 #叔叔
#珍妮 #教育 #玩笑話 #誘引_物質
Mother #眞實性 #密涅瓦
#完美犯罪 # Little_Boy #水脈占卜者
W-launcher #求婚 #跑步
#合氣道_入門 # Debut #辯證法
#手術 #星星_傳人們
#我的_夢想_就是_養隻貓
#詩人與農夫 #救救我 #吻
#聖母領報 #世界精神 #結束_再次_開始

（代替作者的話）小說家適性測驗——193

#黑格爾

黑格爾是一名合氣道有段者。

一七七〇年八月二十七日，格奧爾格．威廉．弗里德里希．黑格爾誕生於德國南部。黑格爾小時候的願望是成為像萊辛，或是赫爾德一樣的人民教育家或啟蒙教育作家。

但黑格爾的父母親希望他能接受各種不同的教育，長大後成為社會地位相對較高的神職人員。黑格爾在還沒滿三歲的時候，就被父母親送到德語學校，五歲的時候則被送進拉丁語學校。除了學校之外，黑格爾的父母親也替他請了各種才藝的家庭教師，其中也包含了西洋劍和馬術等運動項目。

在滿七歲的那一年，黑格爾在練習西洋劍的時候，左側腋窩被劍刺傷。

——假如劍再往身體裡刺個十公分，就會直接刺到心臟了。

當時醫生一邊止血，一邊這麼說。黑格爾的母親一聽到這句話，就立刻把西洋劍家教解僱了。

黑格爾其實對這樣的結果感到很慶幸，因為對年幼的黑格爾來說，西洋劍實在太重了，反覆揮舞著劍，前後移動的練習過程也十分枯燥乏味。但自從被西洋劍刺傷之後，黑格爾患上了輕微的尖端恐懼症，一直到他晚年，每次吃牛排的時候，都會請店家先幫他切好再送上桌。

西洋劍家教被解僱之後，來了一名有著東方面孔的老師，他的名字叫做老洪。關於老洪這個人，眾人的描述都不盡相同，但大多數人都認為他是一名中國人。不過依照我的判斷，我認為老洪應該是一名韓國人。只要查閱過去的上課紀錄，就會發現每年老洪提出要休假的日子，正好都是當時朝鮮的重要節日，像是春節、寒食節、端午節、冬至和中秋節。當然，光憑這一點也無法斷定老洪真的是名韓國人，如果考慮到黑格爾本人對老洪穿著打扮和腔調的描述，以及當時中國和歐洲的貿易往來，推測老洪是名中國人的說法似乎更符合常理。

老洪負責教黑格爾合氣道，他的身高不到一百六十公分，身材也很瘦小，黑格爾一點也不想跟這個骨瘦如柴的老師學武術，所以剛開始完全不把老洪看在眼裡。之前的西洋劍家教至少曾經當過軍人，外表看起來也十分強壯有力。

在黑格爾的眼裡，老洪教的動作與其說是武術，更像一種舞蹈，一舉手一投足都十分緩慢且輕柔。黑格爾在母親的強迫之下，不得不跟著老洪學合氣道，但他每次上課都是隨便跟著比劃兩下而已。黑格爾只跟著老洪學了一個月的合氣道，就開始想著要請母親換掉這個老師。

但就在這個時間點，黑格爾親眼看見老洪用著輕柔的動作，單手撂倒激動的馬匹，並瞬間讓牠恢復冷靜的情景，這個事件讓黑格爾立刻改變了想法。老洪那天所做的動作，完全違反了黑格爾在過去八年的人生裡學到的自然科學法則。

——世上萬物都是矛盾的。

老洪曾經這麼說過，而這句話一直深深刻在黑格爾的腦海裡。老洪跟黑格爾說了一則出自於《韓非子》一書的寓言故事，故事內容描述了一名自相矛盾的楚國人，同時賣長矛又賣盾牌，他說自己賣的長矛無堅不摧，能刺穿世上所有事物，他賣的盾牌則是牢不可破，無論用什麼器具都刺不穿。

——結果應該是取決於盾牌後的人是誰，拿著長矛的人又是什麼身分吧？

聽完老洪所說的故事後，黑格爾如是反問。假如拿著無比堅固盾牌的人只是一名士兵，手中持長矛的人則是將軍的話，這場決鬥根本沒有開始的必要。同樣的道理，將雙方手持的兵器交換亦是如此。

——那就叫合氣道。

老洪露出開懷的笑容，摸了摸黑格爾的頭。

嚴格來說，無論什麼樣的盾牌都能刺穿的長矛，還有無論什麼樣的長矛都刺不穿的盾牌之間存在著矛盾關係。因為這兩者既不能同時存在，依據排中律，它們之間也不會存在第三者。能夠刺穿所有盾牌的長矛只有在面對「自身的他者」，也就是無法被任何長矛刺穿的盾牌時才有意義。但於此同時，長矛也徹底地否定了「他者」的存在。在這段矛盾關係裡頭，站在盾牌的立場來看也是如此。那麼當這兩者產生碰撞時，究竟會發生什麼事呢？

《韓非子》一書的論點和許多形式邏輯學者們的看法相同，他們都認為這樣的矛盾從一開始就不存在。假如有人主張矛盾存在，他們就會用貶低的語氣，說這樣的情況不過就只是邏輯上的錯誤，或錯覺的產物而已。

站在執著於同一律的形式邏輯學，以及常識的觀點來看，矛盾只不過就是一種「不正常或暫時性的疾病發作」而已。

然而，矛盾不僅是能夠在各種經驗中發現的一種客觀存在，也是能夠成為所有「自我運動」原理的一種高層次真理。[1]

接下來的十年，黑格爾一直都跟著老洪學習合氣道。一直到老洪的法國籍妻子因為罹患肺炎過世，他們才結束這段師生關係。老洪說他想回妻子故鄉，便卸下了家教一職。老洪辭職後的那幾年，偶爾還會透過書信和黑格爾聯絡，但在拿破崙執政之後，他們便失去了對方的消息。

黑格爾整理了那十年向老洪所學的內容，和自己在課程中的體悟，集結成《合氣道入門》一書。大眾一般都認為《精神現象學》才是黑格爾的第一本著作，但《合氣道入門》其實比《精神現象學》還要早兩年完成。這兩本書之所以會在同一個時間出版，是因為當時沒有出版社願意單獨出版《合氣道入門》。最後《合氣道入門》是作為日後在簽訂《精神現象學》出版合約時的附加條件，才得到出版的機會。出版當時，黑格爾很期待能靠著這兩本著作躋身高知識分子的行列。只不過這兩本書問世時，普魯士和法國之間的戰爭不斷，人民根本沒那個閒時間看書。天不從人願，這兩本書終究都辜負了黑格爾的期待，並沒有得到任何的迴響。

一直到黑格爾在柏林大學擔任教授，在哲學界打響名號後，人們才重新注意到《精神現象學》這本書，而《合氣道入門》就這樣被埋藏在歷史的洪流之中。雖然在德國，還是時不時會有人提及《合氣道入門》，也對這本書有些爭論，但韓國的黑格爾學會並不承認《合氣道入門》是黑格爾的著作。就韓國的情況來說，目前就只有大韓合氣道協會對這本書有所研究。

【原書註】

1 格奧爾格·威廉·弗里德里希·黑格爾，《合氣道入門》，時代精神，一九九八，頁二一。

#刺客

我們的家族從新羅時代開始，代代都在為打造「人不殺人的世界」而努力。如果有人問起我們在做的是什麼樣的事，我總是不知道該怎麼回答。在被問這樣的問題之前，我明明知道答案是什麼，但一聽到這個問題，就突然一句話都答不出來了。這有可能是因為「疑問」原本就存在令人不知該如何應對的特性，不過也有可能是我自己也還沒搞清楚問題的答案是什麼。

我們家族的始祖是謁平公，據傳謁平公的子孫對國家有很大的貢獻。他們世世代代為建立國家、傳播宗教、建立教育機構、制定嚴格的法律、開採銀礦、發展農業技術而努力。但在這個過程中，他們也領悟到一些事實。

人就算填飽肚子還是會殺人。

人接受了教育還是會殺人。

就算明文禁止，人還是會殺人。
就算有了宗教信仰，人還是會殺人。
人就是會殺人。

——為了打造人不會殺人的世界，我們必須殺人。

經歷了幾千年的失敗之後，祖先們得出這個結論，因此從新羅時代晚期開始，我們家族裡的人就都從事刺客一職。

——刺客是什麼啊！這稱呼未免太老土了吧？還不如叫殺手！

姊姊說道。只要沒什麼特別的事情，我們家每週都會挑一天聚在一起吃晚飯，不過姊姊倒是經常缺席。姊姊說她討厭刺客這個稱呼，雖然聽起來都是一樣的意思，但刺客和殺手在本質上還是有很大的差距。刺客指的是偷偷除掉目標的人，重點著重在「隱密性」。反之，殺手單純就是負責殺人的人，考慮到這一點，殺手這個稱呼確實是比較適合姊姊，畢竟她經常會到國外的戰場去。

我決定要跟姊姊一樣用殺手這個稱呼。畢竟沿用古時候的說法，可能無法準確地傳達正確的意思。

——叫死曹人如何？

這時哥哥隨口丟出了個意見，但他看起來一點都不在乎要用什麼樣的稱呼。我的哥哥是個比起過程，更重視結果的人，所以不管最後的決定是什麼，就算要稱呼他為屠夫，他也無所謂。

——努力還不夠，要把事情做好。

這是哥哥經常掛在嘴邊的話。

——那死亡助手如何？你們吃看看水泡菜，醃得很入味。

不管對話內容是什麼，處在什麼樣的狀況下，媽媽總能用一個平凡家庭主婦的語氣說話，我會這麼害怕她也正是因為如此。

——我們那年代都是叫暗殺者。

爺爺出聲了。爺爺和奶奶吃飯的時候其實不太說話，因為他們對「吃東西的時候說太多話福氣會溜走」這個迷信深信不疑。我其實不知道爺爺和奶奶確切的年齡，但從他們偶爾會談到滿洲時期的事情來看，最少應該也有九十歲了，又或者已經超過一百歲了也說不定。我在爺爺和奶奶身上能聞到死亡的味道，但我很清楚這不僅僅是因為年齡而已，因為哥哥、姊姊、媽媽身上也都散發著類似的味道。

#家訓

為了打造更好的世界

這是進到我家的客廳就能看到的句子，還特地裱了框掛在牆上。這是我們家的家訓，但沒人知道這句話是誰寫的。

＃武術

為了打造更好的世界，我從上小學就開始學各式武術，但我很肯定自己天生就沒有練武的資質。雖然其他的運動項目應該也都是如此，但在武術的領域裡，身體條件本身就可說是一種天賦了。

我今年十七歲，一百六十公分，五十公斤。

——沒關係啦！聽說男生到二十五歲都還會長高。

爺爺是這麼告訴我的。但這句話從一百五十公分都不到的爺爺嘴裡說出來，實在是沒有什麼說服力。

我最剛開始學的武術是跆拳道，接著又學了拳擊、柔道、特工武術、泰拳和俄羅斯防身術，但沒有一樣能達到媽媽對我的要求。其實媽媽的要求也很「簡單」，那就是徒手殺人。這個簡單的目標，說不定同時也是所有武術的終極境界。

假如想用拳腳功夫殺人，至少要能在目標的頭部施以一百五十公斤左右的撞擊力道。人們都說拳擊界的世界重量級冠軍麥克．泰森一拳的威力是一噸，但這只不過是一種修辭手法而已，這裡所指的一噸是指瞬間施加在一平方公分面積上的壓力。在人的拳頭和臉部面積都遠遠超過一平方公分的前提下，泰森拳頭的力量也會被分散，也就是說人的頭部實際受到的衝擊力道大約是兩百公斤左右。據說老虎在狩獵的時候，前腳揮動的力量是八百公斤，也就是說無論有再好的天賦，接受過再多訓練，人的力量是不可能比得上老虎的，這就是物種的局限。

我一拳的威力是十五公斤，就算套用腳的力量是手的力量的三倍這個公式，我踢人時能帶來的衝擊力道也只有四十五公斤。也就是說，就算對手躺在地上，我也無法將他踢死，連續踢十次的話說不定還有點機會。不過這種假設一點意義都沒有，因為不會有人一直躺在地上，也不會有人乖乖地任由我連續踢他的頭十次都不還手。

——你為什麼這麼拚命想變強？

舉凡是我去過的道場和武術館，裡頭的教練和館長總是會問我這類的問題。一星期去報到五天，一天最少練習四小時以上，這樣的訓練強度自然會引起教練們的好奇。

——因為家裡的關係。

我是這樣回答他們的。

教練和館長們都為我加油，也非常認真地指導我，但再怎麼練習，我還是沒有什麼進步。我是那種再怎麼認真運動，也不容易長肌肉的體質，柔軟度也不好，劈腿這種技能當然連想都不用想，我就連腰都無法彎超過四十五度。我之前還曾經因為勉強自己劈腿導致肌肉嚴重損傷，住院住了三個月。

——我不能像哥哥和姊姊一樣用工具殺人就好嗎？

我在住院治療的時候，一邊這麼問媽媽，一邊掉著眼淚。只靠幾個人的力量改變世界，實在是太辛苦了，其實說不定這件事根本就不可能達成。但明明知道不可能，人類還是會持續挑戰，這就是人類這個物種的特性。

——不過我們現在需要的是近距離殺人專家。

媽媽當時是這麼回答我的。在一陣掙扎之後，媽媽把我帶到了叔叔那。

#叔叔

叔叔在爸爸失蹤之前一直住在我們家。爸爸在我十歲時失蹤，叔叔從那時起便到處尋找他的行蹤。我是在爸爸失蹤之後才知道原來他和叔叔的感情這麼好。兩兄弟平時看起來都很木訥，每天都重複著同樣的對話。

——最近過得如何？

——跟往常一樣，哥呢？

——我也一樣。

每天重複的這段對話隨著爸爸的失蹤消失了，這對叔叔來說似乎是一件很嚴重的事。叔叔在爸爸失蹤之後放下手上的所有事情，到各地尋找爸爸的蹤影。

——不用再找他了。

爸爸失蹤三年後，爺爺對叔叔這麼說。當時叔叔已經將全國各地都找遍了，甚至開始將尋人範圍擴展到海外。

——從現在開始，我不會再殺人了。

叔叔那時候是這樣回覆爺爺的。爺爺聽到這句話之後，氣得說要和叔叔斷絕父子關係，但面對這樣的威脅，叔叔的想法也絲毫沒有改變。後來，爺爺真的透過法律程序改掉了叔叔的姓氏，從那時候起，除了兩年前姊姊曾在德國的機場偶然碰見叔叔外，我便沒聽過叔叔的任何消息了。假如叔叔沒有離開我們家，沒有半點天賦的我就不用被逼著學武術了，因為我們家族裡的近距離殺人專家就是叔叔。

在一個殺手組織裡頭，勢必要有一名能夠徒手殺人的專家，因為無法攜帶武器進入的地方實在是太多了。尤其當我們的目標是重要人物的時候，保安就會更加嚴密。叔叔曾經在機場、醫院、大使館、警察局和金字塔等地點成功完成任務。叔叔殺人的方式主要是攻擊目標後腦勺或脊椎的致命部位，他能夠在非常短的時間內出拳，一拳擊中目標的要害。

叔叔看起來完全不像爺爺的兒子，因為他的身體條件實在是太好了。叔叔的身高足足有一百八十八公分，體重九十公斤，體脂肪不到百分之一，除了有一身肌肉之外，他不僅柔軟度好，還擁有過人的肌力和爆發力。假如叔叔當初沒有學格鬥技，選擇學其他運動的話，一定能在奧運拿下好幾面獎牌。叔叔通曉各式武術，無論是體育運動化的現代格鬥技，還是手搏和鶴翼列陣等古代武術都難不倒他。柔術和攻擊其實沒有什麼區別，原子筆或鏡框這種看似平凡無奇的物品，一旦落入叔叔手中就會成為危險無比的兇器。有一次我和叔叔一起到山上去，叔叔光用竹筷子就抓住了一頭野豬。野豬的肉雖然有些肉腥味，但味道還是很不錯。這真的是我親眼所見，沒有加油添醋。

媽媽帶著我到了叔叔開設的合氣道道場。我原本以為引退殺手開的道場，應該會給人一種危險又陰森的氣氛才對，但去到那之後我才發現道場比我想像中的還要平凡許多。叔叔開的合氣道道場位在採光良好的二樓，道場的門生也很多。向叔叔學習合氣道的人從小學生到中年女性都有，年齡層非常廣，整體看起來跟其他合氣道道場並沒有什麼不同。

——這個孩子要負責接下小叔的位置。

媽媽用近似威脅的語氣要叔叔負責訓練我。

——一個月十五萬韓元。

叔叔用公事公辦的語氣回答。媽媽毫不猶豫地付了六個月的學費。

——一次繳清沒有比較便宜嗎？

媽媽問道。

——道服可以不跟妳收錢。

叔叔回答。

雖然已經是高中生了，但我被分配到和國中部的孩子們一起上課。雖然這稍微傷了我的自尊心，不過仔細想想，依我的體格和運動天賦，沒被分配到小學部就已經很不錯了。

叔叔教的課程其實跟我之前所學的沒有什麼太大的差異，每個道場都會從最基本的跑步、伸展還有基礎姿勢開始教。如果真的要說有什麼不同，應該是合氣道是一種比較特殊的武術，因為它結合了攻擊和柔術兩種技巧。擊打的動作和箝制對方的動作是同一個，阻擋的動作和折斷關節的動作也是同一個。

——你要感受力量，然後將力量往外推出來。

叔叔在正規課程結束之後，會替我做三十分鐘左右的個別指導。

——這個招式有辦法殺人嗎？

我問叔叔。

——我希望你不要殺任何人。

叔叔回答。

——但我必須要成為殺手不是嗎？

——你真的想當殺手嗎？

——那叔叔當初是因為想當殺手才當的嗎？

即使不願意，人還是會殺人。如果叔叔不願意做這件事，我就必須接下去做，就算我真的不願意做，也還是有人必須擔下這個任務。其實殺手並不是什麼特別的存在，殺手只是做著必須要有人去做的事，並為此付出努力的人罷了。

從那天起，叔叔開始教我認識人類身上有哪些致命的要害，並將攻擊目標要害的招式傳授予我。雖然能夠學習過去不知道的知識是件很有趣的事，但這些新知同時也讓我覺得很可怕。

因為從那時候開始，我只要看到路過的人，第一眼都是先看到他的要害。只要從某個特定的角度施力就能輕鬆取人性命，人類就是這麼脆弱的造物。也是在那之後，我才知道我的家人們是多麼厲害的人物。因為我發現爺爺澆水時、奶奶洗車時、媽媽煮湯時、哥哥下公車時都一邊把自己的要害藏得好好的。姊姊是我們家族裡頭唯一一個沒有任何防備的人，所有家人中，我最喜歡的就是姊姊了。

＃珍妮

在單獨執行任務時，我們都會使用任務代號。無論是什麼樣的通訊方式都不夠安全，這讓殺手在執行任務時與他人聯絡便成了一件十分危險的事。但在任務中還是會有不得不和他人聯絡的時候，姊姊在這種時候便會使用她的任務代號——珍妮。

珍妮是一名狙擊手，主要在國外執行任務，因為在韓國用槍枝殺人實在太顯眼了。電影裡有時能看到在首爾或釜山市中心展開槍擊戰的情節，這種場面在那些描寫正義的刑警們試圖將犯人逮捕歸案的電影裡更是屢見不鮮。但如果真的有人在韓國開槍的話，因為國家本身的特殊性，很有可能會被誤以為是間諜或朝鮮的武裝共匪，被軍方盯上。

警察和軍人在訓練和軍事裝備上都有差異，但這兩者本質上的目的就不同。警察訓練的目的是為了要逮捕犯人，而軍人的目的則是要射殺目標。這一點從射擊練習的標靶就能看出來，警察們練習射擊時使用的是下半身的人形標靶，主要練習射擊腿部。但軍人們練習時使用的標靶則是有著朝鮮軍人模樣的上半身人形，主要練習射擊頭部和心臟。一般而言，射擊練習對警察來說只是一種必要的訓練，比較少會真正開槍，但軍人就不同了，他們出動時總是真槍實彈。

無論殺手的能力有多麼出色，在面對軍隊的時候處境還是十分危險。雖然我們是殺人專家，但就在公開場合進行大規模殺人這件事來說，還是軍人更勝一籌，令人遺憾的是，珍妮時不時就需要面對軍隊。

不當珍妮的時候，姊姊是一名國際醫療志工團的醫生，主要在戰爭地區提供醫療支援。姊姊之所以會在戰爭地區服務，一方面是因為她的毛遂自薦，另一方面則是急需醫生幫助的地方，原本大多是捲入災難或戰爭的地區。姊姊雖然很年輕，但她是一名非常厲害的醫生。尤其是在治療槍傷這一塊領域，姊姊在檯面下可說是國內最具權威的人。

假如國內發生槍擊事件，就會第一時間向姊姊請求支援。姊姊之所以能夠成為治療槍傷的專家，主要是因為她的副業是狙擊手。還是該說本業是狙擊手呢？其實我也搞不清楚哪個是她的主業，哪個又是副業。

——要真的射過人，也被人射傷過，才有辦法好好治療槍傷。

姊姊曾經這麼說過，這句話莫名地很有說服力。不曉得是不是因為姊姊的關係，最近好幾間醫學院的急診醫學系都在專業科目上增設了射擊課程，二十發子彈中必須要命中十四發以上才能取得學分。雖然為了治療槍傷，醫生們可以學習射擊，但被射傷就不是一件能學習的事了。

姊姊平時能夠處在毫無防備的狀態其實也是因為槍，因為射擊時就算沒有射到致命部位，基本上也都活不了，更何況子彈這種武器，是就算想擋也擋不了的。

珍妮的目標大多都是國外的重要人物，這些人一般都會被全副武裝的軍人們保護著，所以珍妮自然必須和軍隊交手。但所謂交手並不代表她真的要和整支軍隊展開戰鬥，只是在射殺目標逃跑的過程中，免不了要和部分軍人交戰。

——呼吸。

我曾經問過姊姊射擊的時候最重要的是什麼，她是這麼回答我的。瞄準目標的時候要憋住呼吸，接著在扣動扳機時自然地吐氣。

——射擊的瞬間最好挑個簡短的詞語說。

我照著珍妮教我的技巧，一邊說話一邊射擊。

三發子彈都打偏了，看來我也沒有當狙擊手的資質。

珍妮是一名虔誠的基督教徒，所以一直以來，她在射擊時說的詞語都是「阿們」，這說不定是在祈禱每次扣下扳機時，目標都能順利被消滅。

——十誡裡頭不是有說不能殺人嗎？

我問了珍妮。

——我殺人是為了打造一個能夠遵守十誡的世界，所以沒關係。

珍妮回答。

在基督教中，自由意志是一個非常重要的概念。因此十誡並不是一種具有強迫性的限制，而是在狀況許可的前提下，盡自己所能去遵守的一種生活指導方針。但正如珍妮所說，現在的世界並無法讓我們這麼做。

去年結束在福克蘭群島的任務回國後，珍妮就把原本射擊時說的詞語換掉了。當時珍妮的目標是英國空降特勤團（ＳＡＳ）的其中一支分隊，這支軍隊正準備秘密逮捕阿拉伯國家聯盟的重要人物。如果英國的軍隊成功完成任務，說不定能夠實現正義，但隨之而來的可能是數百起恐怖攻擊事件和內戰，到頭來也許會造成上萬人死亡。而珍妮鎖定的這個分隊，一共是七名軍人。

珍妮在沒有任何遮蔽物的平地上設下了六個陷阱，畢竟和訓練有素的軍隊正面交鋒並不是明智之舉。設下精密的陷阱，讓目標自投羅網並不是戰爭，只是捕捉落入陷阱裡的獵物而已。

——阿們。

第一個除掉的是敵方的狙擊手。

——阿們。

第二個除掉的是敵方的指揮官。

當敵方一個一個死去，只剩最後一個人的時候，最後的那個目標丟下了手中的武器，雙手合十，跪在地上祈禱。珍妮停下手上的動作，讓他能完成祈禱。

——阿們。

最後的目標吐出這兩個字，結束了他的祈禱。珍妮透過瞄準鏡看著目標，從他的嘴型看出了他所說的話。最後，珍妮一句話也沒說，靜靜地扣動扳機射穿目標的腦袋。

珍妮結束這個任務回到韓國後，告訴我她已經換掉射擊時說的詞語了。

——因為我突然意識到，神聽取我們任何一方的祈禱都不對。

當我問起理由時，珍妮是這麼回答我的。我對這個回答的理解大概是這樣，開槍的那一方祈禱能夠命中目標，即將被射殺的那一方則是祈禱神能救自己一命，不管狙擊目標最後是生是死，過程中都不能有神的介入。當兩個人的祈禱產生矛盾時，神無論站在哪一邊都是不公平的。對於世上發生的事，神一直都是靜靜看著，從不干涉。畢竟一旦有神來插手人世間的事，就不需要世世代代為打造「人不殺人的世界」而努力的殺手家族了。

最近珍妮扣動扳機的時候，會唸神奇寶貝的名字。

——皮卡丘、傑尼龜、卡比獸、噴火龍……

珍妮說她改唸神奇寶貝的名字沒有任何意義，但我並不這麼想，因為神奇寶貝的主題曲結尾是這樣唱的。

溫暖的陽光和明亮的世界，我們都為了夢想而努力。

——你要認真學，因為殺人這件事同時也會增加自己死亡的風險。

珍妮聽到叔叔最近在幫我上課後，是這麼叮嚀我的。

#教育

無論在哪一個領域，想要培養人才勢必要經歷以下三個過程。

1. 用言語說明
2. 親身示範
3. 實際演練過後，糾正學習者的錯誤

叔叔在教學的領域也有過人的天賦，他的教學不僅有趣，說明簡單易懂，示範的動作也都非常到位。

——現在幾乎所有的武術都禁止在比賽中使用手肘和膝蓋。

叔叔說道。

——為什麼要禁止？

我提出了疑問。

——因為一不小心就可能會鬧出人命。

叔叔回答。

——但你在攻擊時，要盡量使用手肘和膝蓋。

叔叔又說。

——為什麼？

我再次提問。

——因為打對地方，對方就會死。

叔叔回答。

叔叔的示範一向都快、狠、準，同樣的動作做再多次，也不會有一絲一毫的誤差。叔叔的動作已經完美到可以拍成照片，印在教科書上當作示範教材了。在接受指導的過程中，我已經把叔叔教我的動作全都深深地刻在腦海裡。

但問題出在我身上，我似乎天生就沒有學東西的才能。腦袋明明已經理解是什麼意思了，實際演練的時候卻怎麼都做不出來。因為我做出來的動作全都是錯的，所以叔叔也無法替我做動作上的修正或補強。

每當我出拳的時候，叔叔就會說。

——再一次。

每當我踢腿的時候，叔叔就會說。

——再一次。

每當我揮動手肘的時候，叔叔就會說。

——再一次。

聽奶奶說，最近我睡覺的時候都會說這樣的夢話。

——再一次。再一次。再一次。

我每天晚上都會做同樣的夢。在這個夢裡頭，我的面前有一個盒子和蓋子，每當我把盒子的蓋子蓋上，遞給坐在對面的人之後，那個人就會把蓋子打開，接著把盒子和蓋子遞回來給我。接下來我會重新蓋上蓋子，將盒子遞給對面的那個人，但對方還是會將蓋子打開，把盒子放到我面前。整個晚上，我們都重複著這個把盒子推給對方的過程。我替這個夢冠上了一個標題和副標，名為「現代人的人生——我的人生」。

最後我被醫生診斷出神經衰弱，必須服用幫助睡眠的藥物。

那之後，叔叔要媽媽再考慮看看要不要讓我繼續接受訓練，媽媽淡淡地說只要他回家就解決了。聽了媽媽的回應後，叔叔便重新開始為我上課。

——我們來想想辦法吧！

叔叔說完這句話之後，大概過了一個月，他拿來一本《合氣道入門》。

——黑格爾不是哲學家嗎？

我問道。

——他在武術這一塊似乎也有很深的造詣。聽說阿圖爾·叔本華睡覺的時候之所以會在枕頭下放手槍，都是因為他曾經被黑格爾打過。

叔叔回答。

知名人物總會有各式各樣的傳聞。其實叔本華和黑格爾曾經同時在柏林大學授課過，但大部分的學生都只選修黑格爾的課，叔本華的課堂上只有五名學生。

——哲學並不存在於講台上。

叔本華說完這句話之後便離開了柏林大學。我們的家族成員中只有哥哥和姊姊上過大學，他們兩個也都證實了這件事。

——那麼講台上有什麼？

我問。

——你自己去確認吧！

哥哥和姊姊是這麼回答我的。

叔叔拿來的這本《合氣道入門》是經過多次轉譯的版本。最一開始，是由法國將原著翻譯為法文，接著英國再將法文版本翻譯為英文版本，並在美國出版。一直到一九九八年，這本書才被翻譯成韓文，《合氣道入門》當時是這間出版社人文學特輯系列的第四本書，不過現在該出版社已經不復存在了。當時該出版社收到了一筆出版資金，總共只印刷了一百五十本。現在如果到二手書交易網站上看，這本書的要價大概是五百萬韓元，如果書況良好的話，甚至可以賣到一千萬韓元。

——你買來的嗎？

我問叔叔。

——我殺了人搶來的。

叔叔回答。

我暫時把手從書上移開，封面有著和血跡極為相似的污漬。

——我開玩笑的啦！這是影印本。

叔叔又說。

不過這個世界上，有某群人是絕對不能開這種玩笑的。

＃玩笑話

說起我在這世上最討厭的玩笑，大概就是爺爺偶爾會在大家吃完飯後說的這句話了。

——其實我在食物裡下了毒。

我第一次聽到這句話的時候，把吃進去的所有食物都吐了出來。

我的爺爺是一名製毒師，吃下爺爺的毒藥死去的人多到數也數不清。爺爺在製毒的時候，最重視的是毒藥的美味與否，毒藥的效果和隱密性是其次。

——毒藥也是一種食物啊！在人世間吃的最後一頓飯如果不好吃，對死者來說就太殘忍了。

當我問爺爺為什麼這麼重視毒藥好不好吃時，他是這麼告訴我的。仔細想想，我也曾經聽說過在為死刑犯行刑之前，會盡量滿足他們臨死前想吃的食物。

——這實在太好吃了。

死刑犯吃下最後一餐後大概會這麼說吧！說不定還會流下眼淚。能夠享用美味的最後一餐是件令人感激的事，但從另外一個角度想，似乎也是一件很殘忍的事。

爺爺製作的毒藥似乎是真的很好吃，因為不少目標都是自己服下毒藥的。爺爺在南漢山城的山腳下開了一間餐廳，主打的料理是炒綠頭鴨，但客人不管想吃什麼，爺爺都做得出來。來到這間餐廳的客人有一半以上都是爺爺的目標，甚至有目標已經吃了三十年的毒，但每次都是他心甘情願踏進餐廳的。這個目標婚內出軌了數十次，所以他的太太才會委託爺爺幫忙殺了他。每到季節轉換之際，那對夫妻就會一起去爺爺的餐廳吃飯。

——這種毒藥殺的是別的東西。

我曾經問過爺爺，都過了三十年了人還活得好好的，是不是代表這種毒藥沒有效果，但爺爺回了我這句話。的確，那對夫妻的感情看起來非常好。

爺爺很喜歡吃馬鈴薯丸子刀削麵，而馬鈴薯丸子在韓語的發音和翁心幾乎一樣，所以爺爺便把他執行任務時的代號定為翁心。不過奶奶到現在都還在懷疑翁心其實是爺爺初戀的名字。

——都這麼多年了，可以告訴我了吧？

奶奶問道。

——哎呦，就跟妳說不是啦！

爺爺回答。

爺爺偶爾會瞞著奶奶自己去吃馬鈴薯丸子刀削麵，我也跟他去了幾次。這道料理作法就是將馬鈴薯打成泥，捏成像鳥蛋一樣圓圓的形狀之後，加到刀削麵裡頭一起煮。我相信爺爺的說法，翁心並不是他初戀的名字。但我也很肯定爺爺之所以會用和這道料理名稱相似的詞當作任務代號，一定和他過去的某些回憶有關聯，因為爺爺每次吃這道料理的時候，都會不由自主地望向遠方，眼神裡似乎有一些傷感。其實對我來說，馬鈴薯丸子刀削麵的味道有點太清淡了。

爺爺煮的菜都非常好吃，如果拿來跟媽媽煮的菜作比較，自然是高下立判，只不過爺爺的料理裡頭可能會摻毒就是了。

說不定我早就吃下一堆毒藥了。

不久前有一位四十多歲的女性帶著兒子來道場報名，她說看到傳單上寫著只要家人一起來上課，其中一個人的學費可以打六折，就馬上來報名了。

——叔叔，你有在發傳單啊？

我忍不住開口問。因為殺手的首要原則就是不能暴露自己的所在位置，一旦暴露行蹤任務就會跟著失敗，生命也會受到威脅。

——不然我要怎麼付租金。

叔叔回答。一名好承租方的首要原則就是不拖欠租金。

學費打了六折的那名女性之所以會開始運動，其實是因為她有糖尿病的問題。自從來運動之後，她戒掉了喝運動飲料的習慣，改喝一種用菊芋熬煮的茶。我因為從來沒看過這種茶，便出於好奇嘗了一口，菊芋茶入喉的瞬間，我突然就了解為什麼爺爺會這麼堅持毒藥也要兼顧美味了。假如生前最後吃到的食物是菊芋茶的話，感覺會變成一個滿腹冤屈，在九泉之下徘徊的惡鬼，這是我所能想到，對菊芋茶味道最貼切的形容了

說不定其實這個世界到處都是惡鬼，因為生前只能吃一些不好吃的食物，又或者是從來沒有好好吃過一頓飯的人實在是太多了。死刑犯並不會成為惡鬼，吃了爺爺的毒藥後死去的人也不會。

——醫生跟我說如果想要長壽就要吃難吃的東西，好吃的東西全部都有毒。

#誘引—物質

我認識一個人，這個人臉上的表情總讓人覺得他似乎背負著世上所有的憂傷。這個人是我的爸爸，他是一名自殺專家。某些人的死亡必須要被認為是自殺，對死者周圍的人才會有幫助，所以自殺專家一般會先殺了目標，再將殺人現場偽裝成自殺的樣子。不過爸爸是有史以來最厲害的一名自殺專家，他從來不需要製造自殺現場，因為他能夠讓目標選擇自我了斷。

爸爸總是戴著一頂漁夫帽，穿著上面有一堆小口袋的釣魚背心。就算是在家裡，我也幾乎沒看過他脫下那頂帽子，以至於我現在連爸爸的頭型長什麼樣子都記不起來了。爸爸是禿頭嗎？爺爺的髮量看起來倒是滿多的。但如果我跟哥哥真的是親兄弟的話，就算之後會變禿頭，哥哥也會比我先開始掉髮，我只要仔細觀察哥哥的情況，再隨機應變就可以了。

爸爸身上釣魚背心的口袋裡什麼東西都有，除了花生或核桃這類的零食之外，還有濕紙巾、針線盒、止血劑和胃藥等各式物品，家裡的人需要什麼，爸爸都能馬上從他的口袋裡拿出來。其實爸爸看起來就跟一名普通的釣魚愛好者或登山客沒兩樣，也正因為他有一張沒有任何特徵的大眾臉，就算曾經跟爸爸一起生活了十年，我現在也記不太清楚他長什麼樣子了。

爸爸工作的方式非常簡單，收到任務之後，他便會搬到目標的住家附近居住。假如目標住在公寓大樓裡，他就會搬到能夠俯瞰對方住家窗戶的對面大樓，假如目標住在獨棟的房子，他就會直接搬到隔壁去。接著爸爸就會每天觀察目標的一舉一動，且在對方的周圍打轉。無論目標人在超市、三溫暖、餐廳還是健身房，爸爸都會跟著他一起排隊、洗三溫暖、吃飯、運動。這就是爸爸工作的方式。

就這樣持續一陣子之後，這些目標就會自殺。花費的時間短則一星期，長則三個月內。

對於這樣的爸爸，爺爺作了一個假設，那就是爸爸身上有能夠讓人產生死亡衝動的體外激素。假如真的有這種能引誘人自殺的物質，對身為製毒師的爺爺來說可說是上天給的禮物。大多數的人都會認為化學的起源是鍊金術，但讓科學有更進一步發展的其實是製毒的過程才對。鍊金術是在研究能夠賺錢的物質，或是能夠讓人類服用的藥物，但製毒是在研究世上的所有物質。據爺爺的說法，世界上沒有任何一個物質是沒有毒性的。

對爺爺來說，爸爸是一個非常珍貴的研究對象，爺爺每週都會固定抽爸爸的血，還會蒐集他的頭髮、皮屑和指甲。

——沒什麼特別的。

在分析過爸爸的血液和上皮細胞之後，爺爺得出了這樣的結論。在化學上，爸爸是一名極度平凡的人類。雖然爺爺的假設不成立，但爸爸還是擁有能讓人自殺的能力。雖然不知道原因是什麼，但只要爸爸在某個人身邊不停打轉，那個人就會自行結束生命，至今只出現過一個例外。

在爸爸失蹤之前，他的最後一個目標是一名七十二歲的老年人，委託人也是他本人。

在接到委託之後，媽媽會決定要讓誰去執行任務。就算是個人接收到的委託，也都會交給媽媽統一處理。我們通常都是獨自執行任務，但遇到需要幫助的時候也會結伴而行。

爸爸的最後一個目標，同時也是委託人本人，在委託的時候附上了一份文件，裡頭寫的是他的委託理由，洋洋灑灑地寫滿了三十張A4紙。委託理由的內容就像無聊長篇小說的前言一樣，一字一句詳細說著自己過去經歷的事。但媽媽只用一句話為那份委託理由作了總結。

生計困難。

雖然這樣的結論並沒有錯，但媽媽如此簡短的總結，會讓人無法全面地了解委託人。但媽媽也有可能是故意這麼做的，畢竟太過了解某個人的人生，在真要奪人性命的時候就越下不了手。

其實在我看來，與其要說那位老人是因為生計上的困難才決定尋死，不如說是因為他這一輩子立下的計畫從來沒有如願過，現在之所以會過著貧困的生活，其實說穿了也是他的人生總與計畫背道而馳的產物。

那位老人年輕時在一間貿易公司工作，那間公司主要的業務是進口原料，並出口零件，是一間轉口貿易公司。他在公司裡的汽車部門工作了三十五年，雖然在這段期間也多次目睹了公司的非法行為，但他還是選擇了睜一隻眼閉一隻眼。作為回報，他從公司的董事長那得到了連續工作三十年的貢獻獎牌。他在滿六十二歲那一年退休，歸功於自己大半輩子的辛勞，還有妻子的勤儉持家，他有一間屬於自己的小公寓，也有不少積蓄。

老人上大學的時候在外面租房子，當時房東的孫女就是他現在的妻子。他從大學畢業並出社會工作之後，有天和公司裡的同事去聚餐，卻偶然地和女方在餐廳裡再次相遇，之後就一路走到了結婚。他說：「每當有人問我愛不愛我妻子的時候，我都會緩緩地點點頭。」他的妻子是個笑起來非常溫柔的人，每年都會為他織一條新的圍巾。

他們夫妻倆並沒有孩子，在經歷了兩次流產之後，他們便說好不生小孩，好好享受兩人世界。

退休之後，他打算要悠閒地帶著妻子走遍那些景色優美的地方，一邊享受美食，一邊度過下半輩子，甚至還計畫了要到國外去旅遊。但妻子卻在這時得了胰臟癌，她住進醫院，被病魔折磨了六個月後離開了人世。

他用過去存下來的錢維持著生計，打算如果死的時候還有剩下，就留給姪子和姪女們。因為妻子突然過世，只剩他自己一個人生活，留下的遺產應該會比想像中還要多。老人的姪子和姪女總共有三個，他們就像是知道老人打算將遺產留給自己一樣，居然一個接著一個輪流上門去借錢。老人想了想，決定當作是提前分配遺產，把大部分的財產都分給了姪子和姪女們，自己只留下勉勉強強能花到臨死之前的錢。

不過以現在作為基準去推算未來並不是一件容易的事，物價上漲的幅度遠比他原本預想的還要大，根據政府的政策，要繳納的稅金變得比以前更多，各種婚喪喜慶需要包出去的紅包和白包也比想像中多。這時家裡的暖氣突然壞了需要修理，牙齒不巧也斷了。

他想起之前在公司上班時，曾經聽人說過一個傳聞中的組織，在經過一番掙扎之後，他寄了一封電子郵件過去。如果有人在他死前問他是否過了一段幸福的人生，他打算用「好像是吧！」帶過去。

我小時候曾經去找過爸爸的最後一個目標。雖然我很清楚家裡的其他成員，尤其是叔叔一定已經徹頭徹尾地調查過這個人了，但畢竟爸爸是在要殺他的時候失蹤的，所以我還是想自己確認過。

——請問您認識這個人嗎？

一見到對方，我就立刻遞出爸爸的照片。

——這個人就住在對面那棟公寓，我們之前還一起去釣過幾次魚，所以我對他有印象。

老人仔細地看了看照片，接著給出了這樣的回答。他還問了我是誰，我告訴他自己是照片中那個男人的兒子。除此之外，我這次的行動並沒有任何收穫。照老人的說法，爸爸是好幾個月前搬到對面住的，但從某一天起就再也沒看過他的蹤影了。

回到家後，我仔細回想老人說的話。老人說他曾經和爸爸一起去釣過魚的這件事有些奇怪，因為爸爸向來都不和目標接觸或對話，只會在他們的生活範圍內打轉而已。

——你們釣魚的時候都聊了些什麼呢？

隔天我又去找那名老人，說出我心裡的疑問。

——這個嘛……有時候會罵罵政治人物，再不然就是聊聊魚，還有在公司上班時發生的事，大概就是這些吧！

他回答。

——如果有想起什麼別的事情的話，請打這支電話聯絡我。

我說完這句話後，至今已經過了五年，但這些年來我從來沒有接到他的電話過。我最近還是偶爾會到那棟公寓去，看看那個人是否還住在那裡。但我終究還是沒能說出真正想問他的問題。

——您怎麼到現在還活著呢？

難道是因為他的人生都不照計畫進行，才會連死亡都不能如願嗎？雖然不知道究竟發生了什麼事，但可以確定的是這個人和爸爸的失蹤絕對脫不了關係，因為一場失敗的暗殺，會造成相當大的反作用力。

Mother

媽媽的任務代號是Mother。這個代號是在她懷哥哥的時候取的，當時她覺得平凡就是福，所以選了個單純的任務代號。不過老公是自殺專家，上有殺手公婆要伺候，下有必須培養成殺手接班人的孩子，別說平凡了，我根本無法想像媽媽的生活有多麼艱難。但媽媽大概只會用這樣一句話，輕描淡寫地形容自己的處境吧！

在婆家生活的難處。

在執行任務這一塊，媽媽幾乎不會親自出馬，她主要負責匯集來自各方的委託以及分派任務。因為電子信箱裡的委託信件大約有八成都是惡作劇，所以媽媽大部分的時間都用來分辨委託的真偽。除此之外，媽媽還扮演了一個最重要的角色，也就是負責培養接班人。

媽媽把哥哥和姊姊培養成了非常出色的殺手。

現在只要我也好好表現就好了。

有一句諺語說要養育一個孩子，需要整個村莊的努力，那麼要將一個人培養成殺手，則需要整個社會的努力。殺人是一種非常極端的行為，所以光靠逼迫是無法培養出殺手的，假如被訓練的人無法打從心底接受這件事，就不可能成為一名殺手。我其實不是很想成為殺手，尤其是當一名近距離殺人專家，這件事對我來說實在太困難了。但於此同時，我也很清楚這個世界的確需要殺手的存在。

從我很小的時候開始，媽媽就要求我每天早上要到家門口收報紙。這樣的跑腿有些特別，媽媽跟送報的少年說好了，每次送報時都要親手把報紙交到我的手上。

——請訂閱報紙吧！

——好，但你要答應我一個條件。每次送報來我家的時候，都要唸社會版的頭條給我的孩子聽。

媽媽和送報少年大概有過這樣一段對話吧！負責送報到我們家的少年總共有三個人，我每天早上只要聽到門鈴的聲音，就會立刻跑到玄關去，聽他們唸完社會版頭條之後再收下報紙。

送報少年們唸的報導大致上都是這類的內容。

——見租客生意轉好，房東狂漲八倍租金，租客最終因持鐵鎚攻擊房東而入獄。

——一名私人司機長年受到比自己還要小五十歲的董事長孫女謾罵與毆打，日前在飲酒後撞上了幼兒園娃娃車。

——每個月都被總經理搧耳光，總是得不到升遷機會的課長從漢江大橋上一躍而下。

——被學長們輪暴的高中女生吞下混入老鼠藥的矽膠尋死，目前陷入昏迷狀態。

——長期忍受教授的語言暴力，助教在教室灑汽油縱火。

聽說哥哥和姊姊小的時候，也曾被媽媽要求去收報紙。據奶奶的說法，負責送報紙到我們家的少年們全都成了優秀的人。不過我其實也不清楚奶奶心中定義的「優秀的人」究竟是什麼模樣。

——假如報紙上這些人有來委託我們，結果會變得如何呢？

每當我把報紙拿回來的時候，媽媽都會問我這個問題。

如果沒有人下手殺掉某個人，就會有更多的人死去。

這個世界就是如此不安定。

殺手是這個世界不可或缺的存在，尤其是在韓國，未來將會更需要殺手的介入。人們經常會稱呼青少年們是「國家的未來」，不過我在讀國中和高中時，曾經仔細地觀察了同班和同校的孩子們，一想到這些人是我們國家的未來，我的眼前就一片愁雲慘霧。

雖然Mother幾乎不接任務，但她每次出手總是快、狠、準。Mother是一名暗器專家，她在執行任務時除了會使用匕首和手裡劍等遠距離武器之外，也能利用針、髮夾和鋼珠等物品輕輕鬆鬆地解決掉目標。

Mother平常總是用數十支髮夾將頭髮盤起來，脖子上戴著偽裝成珍珠模樣的鈦合金項鍊，她身上的耳環、手鍊和戒指也全都能拿來作為暗器使用。除此之外，Mother的口袋裡總是會放五百韓元的硬幣。

幾個月前，我們學校的美術老師曾經和高三的學姊交往，但在學姊懷孕之後，美術老師便逼著學姊墮胎，兩人也因此分手。學姊在那個事件後便被憂鬱症纏身，數度試圖自殺。後來，學姊寄了封電子郵件給 Mother。

學姊寄出電子郵件的隔天，美術老師的屍體便在高架橋下的公園被人發現，他的雙眼插著兩個五百韓元的硬幣。

大概是爸爸失蹤一年多的時候吧？媽媽說了些詭異的話。

那天是個星期天，我們全家聚在一起吃晚餐，那晚我們吃的是爺爺煮的辣燉鮟鱇魚。

——老么還是缺乏警覺性啊！如果爺爺真的在菜裡頭下了毒怎麼辦？

吃飯吃到一半，爺爺突然這麼對我說。

——沒關係啊！如果這裡面真的有毒，我等等因為吃了爺爺煮的食物死掉的話，媽媽一定會立刻殺了爺爺的，所以我很確定裡面沒有下毒。

我回答。

——你果然還是需要再多學學，並不是所有毒藥都會立刻產生效果啊！

——但爺爺根本沒理由殺我不是嗎？

我一口接一口地吃著辣燉鮟鱇魚。

——爸爸，別再胡說八道了，再多吃點吧！

媽媽打斷了我和爺爺之間的對話。但如果真要說是胡說八道，媽媽接下來所說的話似乎略勝一籌。

——你們三個人之中，有一個不是我親生的。

媽媽說道。

——所以呢？

哥哥應聲。

——沒什麼，就告訴你們一聲而已。

媽媽繼續說。

姊姊看起來絲毫不感興趣，伸手夾了點涼拌黃豆芽。

——那麼那個人是誰的孩子？

只有我一個人對媽媽的話作出反應。

——我也不知道，某天你們的爸爸就突然把人帶回家了。

媽媽回答。

我也說不清楚為什麼，但我總覺得自己就是那個外來的孩子，心中非常不安。

——對了，還有一件事，你們的爸爸其實被我殺了。不過我也是被情勢所逼，他一直試圖要殺死我，我會那麼做是出於正當防衛。

媽媽接著說。餐桌上突然一陣沉默。

——那他的屍體呢？

哥哥問道。

姊姊放下了手中的筷子。

——都吃飽了就幫我收拾收拾吧！

媽媽把盤子整整齊齊地疊起來，放進吃到只剩下魚骨頭的鍋子裡，朝著流理台走去。那天之後，爺爺有好一陣子都不敢開在飯菜裡下了毒的玩笑。

真實性

叔叔道場裡的門生大部分都還是學生，所以星期六成了道場最忙碌的日子。這些學生們之所以會來學合氣道，主要是因為他們的父母親對某句翻譯錯誤的句子深信不疑。

——健全的心靈寓於健康的身體。

這句話出自於古羅馬時代的諷刺詩人尤維納利斯之口，更準確的翻譯應該是「在擁有健康的身體之餘，如果還能有健全的心靈就再好不過了」。詩人尤維納利斯的作品總是充滿諷刺，所以這句話其實是在挖苦「但世上幾乎不存在這種情況」的現實。擁有強大力量的人，大多都有顆已經腐爛的心靈，在人類的歷史中，有無數的實例可以證明這件事。

當然，來學合氣道的學生們也不全是因為父母的要求，有些人是因為未來想當保鑣，所以想提前做基本的訓練。有些學生是為了防身，因為他們眼神天生看起來比較兇狠，所以經常會無辜地被捲入麻煩之中。道場裡還有一位年紀比我大的哥哥，他說自己之所以會選擇學合氣道，單純就是因為合氣道的道服看起來最帥氣。

只要不是為了成為殺手而來，無論背後是有什麼樣的理由，叔叔都是收一樣的學費，教導他們同樣的技術。

——就算各位能夠贏，如果能用道歉解決的話就不要起衝突。

這是叔叔每次結束課程時都會說的話，一名前殺手居然會說出這種和平主義者才會說的話。不過對一位每個月都有租金要付的合氣道道場館長來說，會說出這樣的話似乎也是非常理所當然的。

某個星期六，驗證叔叔這句話真實性的機會來了。我跟平時一樣，帶著道服來到了道場，但這天，道場所在的建築被黑色轎車和廂型車團團圍住。我上到二樓，發現學生們全都聚集在道場外不敢進去，他們站在走廊上，正透過窗戶往裡頭看。

——發生什麼事了？

話才剛說出口，站在我旁邊的一個孩子就比了「噓！」的手勢。我順著那個孩子的視線往道場裡頭看去，發現叔叔正被三十名身著西裝的人包圍住，場面看起來一觸即發。

我擠開了看熱鬧的人群，走進了道場裡頭，叔叔正透過眼神和下巴的動作質問我進來做什麼。至於我進到道場裡的理由，絕對不是因為擔心叔叔，我單純只是想救救這群穿著西裝的人而已。如果我在旁邊看著，叔叔下手應該就不會太重了吧？

——這到底是怎麼一回事？

我問叔叔。

——我救了一個女人。

叔叔回答。

叔叔救了一名被非法監禁的女子，而她不巧是某組織老大兒子的第三位女朋友。叔叔之所以會出手相救，是因為那名女子是道場裡其中一名小學生的阿姨。在救人的過程中，叔叔把組織老大兒子的手腳和鎖骨弄斷了。

——我一個人都沒殺。

叔叔的口氣聽起來有些自豪，畢竟對某些人來說，不殺人比殺人來得困難許多。

也許是怕我也會有危險，叔叔比穿著西裝的那群人更快出手，他用手掌下方精準地攻擊了對方的下巴。這是徒手格鬥中十分常見的招式，因為在沒有纏手綁帶和拳擊手套的狀態下，直接揍人可能會傷到手指頭。不過想要採取這樣的攻擊方式，必須要跟叔叔一樣擁有長長的雙臂才行，換作是我這種手臂短的人來做這個動作，無疑是自投羅網，進到對方能輕易箝制住自己的範圍內。一旦被對手抓個正著，就什麼招式都使不上了，這種情況到最後只會演變成雙方體重的對決。這麼一想，就能立刻了解為什麼韓式摔跤是個冷門的競技項目了。

一秒解決一個人，叔叔在短短五秒內就打暈了五個人，第五個人還因為胡亂揮舞拳頭，最後弄得右邊的手臂骨折，手肘硬生生被扭斷，從此之後無法再當社區棒球隊裡的投手了。

按照常理來說，就算是再厲害的人，也沒有辦法在一對多的情勢下取得勝利，因為當我們正對著對方時，對方的攻擊可能會從九個方向而來，上、下、左、右、四個斜角還有正面。只要對方不是特別訓練過的武藝高手，就不可能對著高處做出高位橫踢，也無法擊出弧形的下鉤拳，但就算能因此撇除掉兩個攻擊的方向，仍舊還有七個方向需要防守。對方也有可能不會立刻出手攻擊，而是整個人先朝我們所在的方向靠過來，接著牢牢抓住我們的腰部或腿。在這個狀況下，攻擊會來自四面八方，也就是說我們必須要擋下從二十八個方向而來的攻擊。不過光靠兩隻手臂和一雙腿，是不可能一邊擋下來自二十八個方向的攻擊，一邊還能進行反擊的，這也是我會說就邏輯上而言，一對多並不會有任何贏面的理由。

不過在現實生活中，倒是經常有一打多還是取得勝利的例子。就像每間學校都有傳說中能一打十七的學長姊存在一樣，在各國的各種文獻裡頭，也經常會看見光憑一己之力就能打敗數十人的武士。雖然多少有些誇大的成分在內，但民間也流傳著張飛在長坂坡獨自擊退百萬大軍的軼事。而這一刻，叔叔也在我眼前輕輕鬆鬆地獨自撂倒了三十名敵人。

上述這些看似不合常理的狀況，之所以能夠在生活中成為現實是有其理由的。所謂的「常理」，其實是一種由有血有淚的人類所組成的結構，當人們看見自己的同伴一個接著一個被怪力和高超的武術給擊倒，自然會感到害怕。當人被恐懼感給包圍時，是無法像平常一樣自由移動自己的身體的，他們會不由自主地向後退，或是因為太過緊張而僵在原地。倒下的同伴人數越多，恐懼感就會加倍，在這種情況下，人數再多也派不上用場。因為對另一方來說，比起一較高下，這更像是在打拳擊沙包或人體模型。

——下次再找來這，我就讓你們回不了家。

叔叔沒有把最後一個人體模型打昏，他只是用掃堂腿讓對方跌坐在地上，接著靠到對方的耳邊說了這句話。叔叔在說這句話的時候，他臉上的表情就跟他還在當殺手的時候一模一樣，那表情讓站在一旁看著的我整隻手臂都起了雞皮疙瘩。

黑格爾對武術的定義非常單純。

武術就是雙方拳腳相向的交鋒。

是一種在避開對方攻擊的同時，朝著另一方出擊的行為。

第一個開始研究人類身體的領域是醫學界。雖然還是有些地方令人存有疑慮，但幸虧近代醫學已經開始有自己的一套科學體系，脫離了過去的神秘主義和知識源於感官體驗的經驗主義。隨著具有重要意義的研究和著作越來越多，技術上的發展也跟著變得越來越快。

第二個研究人類身體的領域則是武術界。武術和醫學的研究方向不同，醫學研究的是靜止狀態下的人類，而武術研究的則是人類的動作。人類本就是一種不斷鬥爭的存在。

在戰場上，武術真的能夠派上用場嗎？關於這個問題，研究學者們與真正經歷過戰爭的人持有不同的意見。從歷史上來看，許多國家在訓練軍隊時，都會教士兵們武術，但對於學習武術是否有助於打勝仗這件事，並無法得到客觀的證明，因為比起軍隊的武術實力，兵力的多寡、兵器的性能、軍隊本身的士氣，以及每一位士兵的戰鬥力對勝敗的影響會更大。從統計上的數據來看，其實曾經學過武術的士兵和突然被徵召進軍隊的農夫，在戰爭中的生存機率是一樣的，是否能夠活著離開戰場取決於個人的運氣。不過武術起源於戰場這件事是個不爭的事實。[2]

2 格奧爾格·威廉·弗里德里希·黑格爾，《合氣道入門》，時代精神，一九九八，序文。

根據黑格爾對武術的定義，叔叔方才便是展示了完美的武術。

——您不是說如果能用道歉解決的話，就不要起衝突嗎？

那一群身著西裝的人一離開道場，叔叔便開始上課。就在這時候，其中一名孩子舉起手問了叔叔這個問題，正巧我也對此感到好奇。

——如果你沒有做錯事，就不應該道歉。

叔叔是這麼回答的。果然，根據情況和個人理解的差異性，同樣一句話能夠有很多不同的解釋。

最有趣的是從那天起，叔叔一個人打倒三十人的傳奇事蹟傳遍了整個社區和鄰近的學校，來報名上課的人也因此多了好幾倍。我也經常聽到叔叔的這個傳聞，只不過當時的情況經過加油添醋後，已經被傳得越來越誇張，我最後一次聽到的版本是出自於學校同學們在午餐時間的對話。

——十字路口那邊不是有間合氣道的道場嗎？我聽說那邊的館長光用掌風就打暈了一百個流氓喔！

——真假？也太強了吧！

韓國的未來真是一片黯淡。

#密涅瓦

哥哥是一名檢察官，為這個未來一片黯淡的國家效力。從古至今，殺手和政府一直都維持著緊密的合作關係，殺手經常會收到國家的委託，有時也會擔任官職，利用職務之便來執行任務。依照個人的觀點，每個人對國家的定義都不同。站在殺手的立場來看，國家是個擁有殺人時所需一切資訊的地方。說不定我們的祖先們當初之所以會為建立國家出力，也是在替未來能夠透過國家取得執行任務時所需的情報而鋪路。

透過調查機關能夠拿到許多關於目標的資訊，從基本的個人資料、前科紀錄，到加入四大保險的現況……假如讓目標成為案件的嫌疑犯，還能調閱對方持有的車輛、銀行帳戶和手機定位等資料。身處這樣的職位，在調查目標周圍人事物時也非常方便，因為我們國家的人民在面對公權力時，大多都表現得十分配合。只要出示檢察官的識別證，無論是監視錄影器還是行車記錄器，都能輕輕鬆鬆地取得複本。

除此之外，哥哥最重要的任務便是負責善後。雖然這樣的案子不常見，但有時候我們必須要讓屍體消失得無影無蹤，有時候則是要抹去我們家的人在犯罪現場留下的所有痕跡。在明擺著是他殺的兇殺案上，有許多警察會堅持不懈地進行調查，妨礙警察們繼續追查下去也是哥哥的任務之一。

我不曉得哥哥是怎麼銷毀屍體的。我曾經問過他好幾次，但哥哥從來都沒有正面回答我。

——上次不是有個以失蹤結案的人嗎？後來你是怎麼處理他的屍體的？

我問哥哥。

——在一般的情況下，人死了會怎麼處理？

哥哥把問題丟回給我。

——火化或是埋在土裡吧！

我回答。

——我也一樣。

哥哥說道。

我記得哥哥在江原道那有一片橡樹林，還有一個木炭窯。

哥哥的任務代號是密涅瓦。密涅瓦是羅馬神話中女神的名字，她是戰爭、詩詞、醫術、智慧、商業、技術與音樂之神。

——你不覺得一個神能夠掌管這麼多不同的領域很有趣嗎？

當我問起為什麼要用密涅瓦當作代號時，哥哥是這麼回答我的。

古希臘羅馬神話裡的神祇是根據人類的形象塑造出來的。像密涅瓦就是一個表現出人類的複雜性的神祇，會在戰場上吟詩、靠醫術賺錢，將音樂轉化為科學技術的存在正是人類本身。哥哥是個重視結果的人，再出色的藝術作品，只要涉及金錢交易就成了一般的買賣行為。詩句本身再優美，只要是出自於戰場上將軍的口中，就成了戰爭的一部分。或許將看似複雜的事物整理得淺顯易懂，就是一種智慧。

密涅瓦是意外死亡的專家。有時候是殺了目標再偽裝成意外，有時候則是刻意製造意外，讓目標在意外中身亡。要是問哥哥比較喜歡用哪一種方式，他大概會說對他而言兩種方式並沒有差別，反正都一樣能除掉目標。但在我看來，他似乎比較傾向於讓目標真的出意外死亡。

密涅瓦在大學一年級的時候接到了第一個任務，那是他從大學同學那接到的委託，那名同學希望密涅瓦能殺了自己的爸爸。密涅瓦的目標是一名大企業的總裁，他的公司能夠排進國內前三十大企業之中。但因為遺產分配的問題，大部分的家人都盼著他死期的到來。

——我光是同父異母的弟弟妹妹就有七個人，昨天又多了一個，差不多一年會多出一個來。如果再這樣下去，我就要有三十名弟弟妹妹了。

目標的兒子這麼說道。他說花再多時間都無所謂，唯一的要求就是製造一場讓他人完全看不出是他殺，再自然不過的意外。

密涅瓦立刻開始執行任務，時隔十三年，目標終於在去年死亡了。密涅瓦聯絡委託人，請他將尾款付清。我隱隱約約聽到那名委託人當初已經付了一筆為數不少的訂金。

其實我們並不是每次執行任務都會向委託人收取金錢。因為前來委託的人們大部分都是心中有冤屈，或是在社會或經濟上碰到一些困難，才會委託我們殺人。那些有苦說不出的人大多都是社會上的弱勢，經濟上也比較拮据，至於那些經濟上碰到困難的人就更不用說了。在這種情形下，我們執行任務的報酬可能只是一滴淚水，或是某個特定的物品和約定。之前媽媽除掉我們學校的美術老師後，收到了一幅海豚模樣的抽象畫，珍妮主要則是收藥品或武器作為報酬。不過有一個例外，只要委託人是為了錢殺人，我們就一定會要求對方支付金錢作為報酬，而且絕對不會是小數目。畢竟要支撐一整個殺手組織的運作需要一定的資金，所以在現實層面的考量下，我們不得不向委託人收取金錢。

有時候我們也會遇到一些在任務完成後，死不認帳的委託人。這種時候，我們就會為這些賴帳的委託人送上「恐怖體驗」，這是種讓他們意識到自己隨時都有可能丟了小命的警告，像是最經典的枕頭邊插刀服務，在對方吃的東西裡頭下點不足以致死的毒藥，或是直接剪斷他們轎車裡的煞車線，一直到對方願意付錢為止。幾年前，奶奶因為煉油公司的董事長不願意付錢，就把對方位於一山的儲油倉庫整個炸毀了。

密涅瓦的大學同學也不願意把錢付清。

——我爸爸是爬山的時候跌落山谷死亡的，這完全是一場意外。

委託人說。

——董事長之前有爬山的習慣嗎？你怎麼不想想他怎麼會突然去爬山呢？

密涅瓦反問。

在一連串輕微的警告過後，委託人終於將自己繼承的一半股份賣掉，將尾款匯給了密涅瓦。哥哥把一半的錢拿給媽媽作為營運經費，另一半則是捐給了大韓山岳聯盟。

——請把這筆捐款用在墜落意外的防治行動上。

其實密涅瓦所做的就只是每年春天、秋天，在那位董事長看的報紙裡夾進一本登山雜誌而已。而在這段時間裡，那名委託人的弟弟妹妹增加到了十一人。

所以說在委託殺人時不設下期限是件非常傻的事。如果照哥哥重視結果的思考方式來談論這件事的話，人終究難逃一死。打從一開始，所謂的自然死亡就不存在。

人類的死亡全都是人為的。

密涅瓦不久前接到了一個委託，委託人要他殺了三十年前拿著會錢捲款潛逃的會頭。這名會頭當時帶著五十多人的會錢逃到日本去，託這個人的福，有三個人因為被倒會自殺，九對夫妻以離婚收場。這名委託人的母親便是當年選擇自我了斷的其中一個人，後來委託人的父親也因為急性酒精中毒過世，最後只能在一間換過一間的育幼院裡度過童年。這名委託人現在成了一間餐廳的老闆，而哥哥是她店裡的常客。

——幸好那個人看起來過得不怎麼幸福。

委託人又補上一句無關緊要的話。該名目標當時雖然和丈夫一起逃往日本，但後來丈夫因為捲入了吃角子老虎機詐騙案，所有財產都被騙光，在那之後，兩人便急急忙忙逃回了韓國。大約從十年前開始，該目標就一直在濟州島生活，當海女養家餬口。小偷的東西總是會被更厲害的小偷給偷走，騙子也總是會被手段更高明的騙子給欺騙。

——既然對方過得不好，就沒必要報仇了吧？

我問了哥哥。

——普通人是不會這麼想的。

密涅瓦回答。那些有辦法愛自己的仇人、饒恕自己的仇人，在殘酷的復仇之後，反倒會覺得心裡很空虛的，不是神話裡頭的人物，就是非凡卓越的英雄。一般人是絕對不可能會原諒仇人的，也只有在報仇之後，他們才有辦法真正睡個好覺，而殺手正是為了這些平凡的人們工作。

幾天後，該名目標在水中溺死了。密涅瓦可能用某種方法誘導了這起意外的發生，也可能是他親手引發了這場意外。

——靠海為生的海女溺水身亡不會引起別人的疑心嗎？

我提出了疑問。

——正因為她是海女，才更有可能會溺死。

密涅瓦回答。

仔細想想，這句話似乎滿有道理的。俗話常說猴子也會從樹上摔下來，也正是因為是猴子，才會從樹上摔下來。像獅子、長頸鹿和大象，就不可能會從樹上摔下來。因為最近不是度假的季節，那個地方也不是海水浴場，所以幾乎沒有人會在這個時間點跑進大海裡。就算真的有人進去海裡，也不會像海女一樣潛水潛得那麼深。我查了一些資料後，發現其實海女溺水身亡的案例比想像中還要多。大部分的海女們都深受潛水夫病、肺部疾病和耳鳴的折磨，再加上這個職業的高齡化問題，都使海女意外身亡的危險性變得越來越高。

——意外並不是人造成的，而是生活的型態造成的，而我只是利用了這點而已。

密涅瓦說道。

巧合的是黑格爾曾經提到過密涅瓦。不過這似乎也不是什麼值得感到吃驚的事，畢竟人一旦活得久，大概也什麼話都說過一輪了。我想黑格爾大概也說過「我的襪子跑去哪了？」或「好想大便」這類的話。

——密涅瓦的貓頭鷹只有在夕陽西沉時才會展翅高飛。

這句話出自於黑格爾知名著作《法哲學原理》的序文。這句話並不是在描述貓頭鷹是種夜行性動物的生活型態，而是象徵著哲學是一種在現象發生之後，才能夠就其意義進行探索的反思活動。我猜黑格爾的個性應該和哥哥差不多。

——努力還不夠，要把事情做好。

知道我在叔叔的道場進行訓練後，哥哥是這麼對我說的。

＃完美犯罪

調查機關總會說世界上不存在完美犯罪。這有可能是一種用來遏止犯罪的警告，不過也有可能是想要趁機炫耀他們的辦事能力。不過站在調查機關的角度來看，這世上的確不會有完美犯罪。因為所謂犯罪，只有在調查機關發現犯人的犯行時才成立，但假如真的有完美犯罪存在，除了犯人之外，是不會有人知道犯罪已經發生的。

一年前，哥哥負責調查一個沒有任何線索的綁架案。只要是兒童的綁架案，就算沒有上級的指示，也可以立刻進行檢警聯合調查，畢竟孩子如果在等待上級批准搜查時死亡，沒有人負得起這個責任。哥哥立刻就趕往案發現場，被綁架的女童今年七歲，推測是在奶奶家被人帶走的。這名女童的奶奶家是個完美的密室，沒有任何人出入的痕跡，監視錄影器裡只有女童和奶奶一起進到建築物裡的樣子，但沒有出來的畫面。不對，應該說除了女童和奶奶之外，從來就沒有任何人進到裡頭，或從奶奶家出來過，監視錄影器只拍到幾次警衛巡邏的畫面而已。該建築物周圍停放車輛的行車記錄器沒有可疑之處，想當然，也沒有目擊者。

國立科學搜查研究院很仔細地搜查家中的每個角落，但就連個小小的指紋也沒找著。女童是在奶奶睡午覺的時候不見的，唯一一個奇怪的地方是原本通往陽台的窗戶是關著的，但奶奶起來後卻發現窗戶敞開著。

——您確定窗戶有鎖起來嗎？

搜查人員問道。

——是，我很確定。

女童的奶奶回答。

對女童來說，窗戶的鎖不在她手能及之處。搜查人員觀察了一下，表示這種鎖無法從外部打開。哥哥嘴上說著「這樣啊」，但心裡壓根不同意搜查人員的看法。當他用檢察官背後的另一個身分，站在意外死亡專家的視角來看時，打開或鎖上那種類型的鎖不過是基礎中最基礎的技能。哥哥抱著一絲希望爬上了屋頂，但上頭一樣什麼也沒有。

如果這也能算是條線索的話，這起案件唯一的線索便是住在隔壁建築的一名國考生的證詞，該名國考生說他在案發當天聽到了直升機的聲音。由於他小時候的夢想是成為一名直升機的機師，所以他很確定那台直升機旋翼的聲音屬於ＡＨ－64阿帕契直升機。

只不過負責搜查的人並不相信他的證詞，向上級報告時也抱持充滿質疑的態度，認為該名國考生是因為準備國考壓力過大，才會產生幻聽。不過搜查人員不採信該證詞也不奇怪，因為就算不是在鬧區，在仁川出現美軍攻擊用直升機這件事本來就很難讓人信服。但才過幾個小時，該名國考生的證詞就被確認屬實。社群媒體上出現了一些目擊ＡＨ－64阿帕契直升機的貼文，甚至還有照片佐證。

哥哥作出了一個假設，犯人先從直升機垂降至陽台，接著再進入住家綁架女童。就現場的情況看來，除了這個方法之外，犯人是無法進到案發現場的。哥哥將搜查隊一部分的人力分了出去，讓他們去追查社群媒體上和ＡＨ－64阿帕契直升機相關的貼文，掌握直升機的動向，同時也向國防部發送了請求協助的公文。哥哥和其他搜查人員則是負責等綁匪的電話，一方面也在等國立科學搜查研究院在檢驗過女童物品後的結果，希望能得到一點線索。但過了半晌，還是沒有任何消息。

——檢察官，跟我去一個地方吧！

當時和哥哥一起查案的組長打破了沉默，丟出了這句話。

——去哪裡？

哥哥問道。

——既然科學搜查不管用，就只能求助於玄學搜查了。

組長回答。哥哥半信半疑地跟著組長前往未知的場所，組長最後將車停在了塔羅牌咖啡廳的店門口。

招牌上寫著：「分岔路」。

——你瘋了嗎？

哥哥盯著招牌上的黑洞和星星，開口問組長。

——現在有一名七歲的小女孩被綁架了，等綁匪電話這種事可以交給其他警察去做。

組長說完後，提到他前陣子參加了一場請求協助調查的研討會，他在那場研討會上得知近來有一個在國際上相當猖獗的器官買賣組織，他們會綁架年幼的孩子，並賣到世界各地去。哥哥突然想到組長有個和失蹤女童年齡相仿的女兒。

——朱熙最近一切都好吧？

哥哥問道。

——嗯，我剛剛才跟她通過電話。

組長回答。

——我們進去吧！總是得做點什麼。

哥哥說道。

塔羅牌咖啡廳裡頭很暗，沒有半個客人，只有瀰漫在空氣中的淡淡玫瑰香。老闆是一名女子，看起來比哥哥想像中還要年輕許多。

——我是禹多映，我會盡力協助調查的。

組長簡短地說明過後，女子如此說道。從兩人對話的氛圍看來，多映可能之前就曾協助過組長調查案件。哥哥當下想著之後可能要找機會重新看過組長調查的案子，如果真的是用這種方式把人送進監獄，問題就很嚴重了。哥哥原本以為多映會拿出塔羅牌占卜，但她並沒有那麼做。多映解下她脖子上的項鍊，接著又拿出首爾市和仁川市的地圖，她的項鍊末端掛著一個靈擺，形狀是個正八面體。

尋水術和鍊金術一樣，是中世紀歐洲神秘主義的其中一種。哥哥露出了苦笑，居然要用尋找水脈的方式來找被綁架的孩子，實在是太不像話了。哥哥盯著多映移動的手和靈擺，雙眼充滿了不信任。

多映絲毫不在乎哥哥擺出什麼樣的表情，專注地進行著尋水術。八面體靈擺在被綁架女童的照片和地圖之間來回擺動，接著突然停在首爾市中區的上方，畫著小小的圓，旋轉的速度逐漸變得越來越快。

——在這裡。

一直閉著眼睛的多映睜開眼說道。

——妳確定嗎？

哥哥問道。

——來了一位多疑的人呢！

多映是這麼回覆的。

——身為一名檢察官，本來就必須對一切都抱持懷疑的態度。

哥哥說道。犯罪嫌疑人這個詞非常直白，從字面上就能看出是指那些被懷疑犯下罪行的人。檢察官不僅要懷疑犯罪嫌疑人、案件中的所有證據和證詞，還要對警察的審訊紀錄和調查過程懷有疑心。經過不斷懷疑的過程，在確定犯罪嫌疑人就是犯人的時候，檢察官便會進行起訴。

——水脈占卜只適用於相信的人，信念越強結果就越準確。

組長認為與其待在這裡什麼都不做，倒不如去那個地方看看，哥哥聽到組長這麼說，也只能跟著他們一起往首爾市的中區。檢察官和警察都有各自的管轄地區，即使是情況緊急的綁架案，擅自跨區調查日後還是有可能會引起問題。更何況想在幅員廣闊的首爾市中區找一名孩子就如同大海撈針，是個不可能的任務。

——到附近去就能知道更準確的位置。

多映丟出這麼一句話，跟在哥哥和組長的身後打算同行。哥哥並沒有回應，只是默默地任由多映跟他們一起移動。

他們開著車在首爾市中區四處繞，多映坐在車上，再次開始了水脈占卜。組長從房屋仲介公司要來一份中區各里的詳細地圖。

——你們要找的人就在這。

靈擺又晃動了幾下後，多映得出了結論。多映指向的地方是一棟看上去像座小城堡的建築。

大使館牢固的鐵門旁有塊銅製的招牌，上頭有一行浮刻的文字。

阿里圖黑納大使館。

——阿里圖黑納是個位於北歐的小國，獨立至今三十年，總人口為八百萬人。

組長唸著網路上搜尋到的資料。

——如果罪證確鑿的話還好處理，但在現在這種情況下，我們是無法搜查大使館的。因為從法律上來看，大使館內部並不屬於我們國家的領土。

哥哥有些猶豫。不要說明確的證據了，他們目前擁有的唯一依據也不過是一顆八面體靈擺的擺動而已。如果硬闖進去卻一無所獲，除了被撤職之外，一個不小心可能還得面臨牢獄之災。

——我現在還沒辦法完全相信妳。除了檢察官之外，我其實還有另外一份工作，妳有辦法靠水脈占卜算出來那是什麼嗎？如果妳能說出正確答案，我就立刻進去把孩子救出來。

哥哥看著多映說。

多映緩緩地點了點頭，接著拿出了塔羅牌。多映用同樣的方式，靠著靈擺選出三張卡片。

死神、家族、貓頭鷹。

——需要解釋牌卡的意思給你聽嗎？

多映問道。哥哥張開手掌比了個阻止的手勢，要多映什麼都別說。

從這一刻開始，哥哥不再是檢察官，他決定要用密涅瓦的身分來處理這個案件。密涅瓦拿出藏在後車廂底部的催眠瓦斯，這款催眠瓦斯是爺爺做的，只要三十分鐘就能讓坐滿蠶室棒球場的三萬名觀眾全數入睡，威力非常強大。

密涅瓦和組長戴上了防毒面具，一起進到大使館裡頭。被綁架的那名女童被囚禁在大使館的地下室，裡頭還有三名和女童年紀相仿的孩子。因為吸入了催眠瓦斯，孩子們全都陷入了沉沉的睡眠之中。哥哥和組長合力救出孩子們，從大使館出來之後，組長一邊拿下防毒面具一邊不停地咒罵著。接著組長拿起電話，打算要向警方請求支援，但密涅瓦卻伸手制止了他。

——必須要逮捕他們吧？

組長說道。

——委託給警方處理頂多就是把幾個人驅逐出境而已。另外，我們進去大使館的方式日後也會讓自己惹上麻煩。這些人未來還是會在別的國家用同樣的手法犯罪，你就裝作不知道這件事吧！剩下的事情交給我處理。

密涅瓦對組長說。

密涅瓦打了通電話給奶奶。

隔天，早報上刊登了一則關於阿里圖黑納大使館的報導，大使館因為原因不明的爆炸而坍塌，無人生還。

一個月後，美軍的一台ＡＨ－６４阿帕契直升機在訓練過程中因燃料循環機故障而墜落，飛行員下落不明。

六個月後，阿里圖黑納的總統在別墅度假時被狙擊身亡，疑為伊斯蘭主義恐怖分子所為。

——妳在哪？

我讀完報紙上的報導後，打了通電話給珍妮。

——基於安全考量，我沒辦法告訴你確切的位置，長話短說。

珍妮回答。

——妳這次扣動扳機的時候唸的是什麼？

我問珍妮。

——雷丘。

珍妮回答。暴徒們的首領被雷給劈死了，這樣的場景看似只會在童話故事中出現，雖然機率不高，但現實生活中偶爾也會發生這種情形。

——哥哥交女朋友了。

我告訴珍妮。

——居然有人會跟大哥這種男人交往，我倒是挺好奇對方是什麼樣的人呢。

珍妮掛斷了電話。

那名被綁架的女童平安無事。

——妳什麼話都不用說，也什麼都不用記得。

那名女童醒過來時，密涅瓦是這麼對她說的。

Little _ Boy

奶奶的任務代號是小鬼。我曾經問過奶奶好幾次為什麼會取這個代號，但她總是跟我說沒有什麼特別的理由。奶奶的身高大概只有一百四十六公分，身形看起來非常瘦，她的頭、手和腳全都小小的。但這只不過是奶奶現在的模樣而已，奶奶說她取這個任務代號的時候是一九六〇年代，我想當年的她應該不像現在這麼瘦小。如果把奶奶長年彎曲的膝蓋和腰打直，至少會高個十公分。說不定在那個年代，奶奶還會被認為是名身材高䠷的女性呢！

對於奶奶的任務代號，我其實有自己一套想法。根據我的推測，奶奶之所以會取這個代號，是因為投放在廣島的原子彈叫做「Little Boy」。因為奶奶是一名炸藥專家，所以才會選用「小鬼」這個和「Little Boy」意思相似的名字。

——那場爆炸真的非常驚人。

我說出自己的推測後，奶奶突然說了這句話。奶奶說這句話時的口氣，聽起來就像是她曾經親眼目睹原子彈爆炸的那瞬間一樣。

小鬼是一名華僑，她小時候曾經在日本、越南、泰國和菲律賓等國生活過，一直到比較懂事的年紀才開始在韓國定居。

——在路上走著走著就遇到了。

每當我問起她是怎麼跟爺爺認識的，小鬼總是會用這種方式回答我。聽到這樣的回答，我當時第一個想法是以後不管去哪都要小心一點才行，畢竟在路上走著走著，可能就會遇見要一起過一輩子的人。

——你爺爺年輕的時候還是個美男子呢！

小鬼淡淡地補了一句。雖然有點無法想像，但可能真的是如此吧？畢竟每個時代對美的標準都不太一樣。

大概是三年前的事了，小鬼決定把學習考古學當成她的興趣，她還說自己之所以會開始學考古學都是為了爺爺。小鬼蒐集了許多古董和化石，一有時間就往博物館跑。託小鬼的福，全國的博物館、皇陵和城郭遺址，我全都去遍了。

我們每次去博物館，小鬼都像是想要確認眼前的物品是否是她的遺失物一樣，仔細地觀察每一個展示品。

我們每次去皇陵，小鬼總像個去到自己墳墓的人一樣，輕輕地靠在陵墓的牆上。

我們每次去城郭遺址，小鬼就會默默地把石頭放進倒塌城牆的縫隙之中。在這些地方，小鬼總是像個被點燃的導火線，一步一步地踏著規律的腳步。

——快點跟上。

每當我累得走不動，或是被某些東西吸引住目光，忍不住放慢腳步時，就會傳來小鬼催促的聲音。

——走慢一點。

每當我因為無趣而加快腳步時，小鬼就會這麼說。

配合小鬼的節奏對我來說實在是太困難了。

小鬼加入了博物館成立的同好會，同好會的人偶爾會一起到慶州「挖掘文物」。他們會從土裡挖出一些尖銳的碎石，並堅稱那是古時候弓箭上的箭頭，小鬼對那些箭頭非常感興趣。其實想找那種石頭根本不用特意跑到慶州，爺爺的餐廳前大概就有數百萬顆吧！假如那些尖銳的碎石全都是箭頭的話，人類的祖先們過去應該都射過數不勝數的箭吧！那之中說不定還有殺手用過的箭頭呢！一般而言，會用到弓箭只有兩種情形。
狩獵和戰爭。
兩者的目的都是要殺掉某個目標，無論當下射出的箭是射中目標還是射偏了，每支射出的箭都是死亡的痕跡。
小鬼曾經說過她開始學考古學都是為了爺爺，我一開始其實不太懂這之間的關聯性。一直到不久前，我看著小鬼分類碎陶瓷時的動作，才終於了解為什麼她會這麼說。在小鬼的眼裡，高麗時代的陶瓷碎片比朝鮮時代的陶瓷碎片還要更珍貴。對於一名學習考古學的人來說，一樣東西的歷史越是悠久，他們就越感興趣，這也是爺爺年紀越大，小鬼越能以帶著愛意的目光看著爺爺的理由。
一對夫妻之所以會選擇結婚或許是出自於愛戀與激情，但想要維持一段婚姻，就需要來自各種領域的幫助了，比如說……考古學。

#水脈占卜者

哥哥把他的未婚妻帶到家裡來了，我的未來大嫂是哥哥一年前遇見的那名水脈占卜者。雖然哥哥也不是從沒談過戀愛，但戀愛和結婚完全是兩回事，尤其我們家的情況又更複雜，因為和哥哥結婚就等同於要成為殺手家族的一員。雖然進到殺手家族裡是件很辛苦的事，但從我們家族延續了這麼多世代來看，大家最終還是能遇到自己的另一半。俗話說得好，一個殺手一個坑。

Mother 一看到多映就對她非常滿意。

珍妮則是第一眼就對多映沒有好感。

多映的外表雖然沒有珍妮那麼亮麗，但她比珍妮來得有魅力許多。至少在我眼裡是這樣的。

小鬼說多映長得很像她早就離世的母親，我不知道聽到這句話到底是該開心還是該難過。

——三年後。

當翁心問起哥哥和多映打算什麼時候結婚時，他們兩人異口同聲地給了這個答案。

——有些晚啊！理由呢？

翁心又問道。

——因為三十歲以前結婚會終生不幸。

多映用非常肯定的語氣回答。

雖然我們都聽過阿里圖黑納大使館一案，對多映會占卜這件事有一定的了解。我們不是懷疑哥哥所說的話，只是無法完全相信水脈占卜的真實性而已，畢竟殺手比較喜歡符合常理的事物。

翁心端了五杯蕎麥茶出來。

——只有一杯蕎麥茶裡沒有毒。但這種毒只會引起嘔吐和頭痛而已，不至於會取妳的小命。只要妳能猜中，就按照你們的意思，三年後再結婚。

翁心說道。

多映解下她脖子上的項鍊，開始在茶杯上方進行水脈占卜。接下來，多映把五杯茶都捧起來喝了一口。

——這五杯茶都沒下毒。

多映得出了結論。

——這小子可是很難搞的，之後他就拜託妳了。

翁心說道。

從那天之後，多映就經常來我們家，她會陪媽媽一起去菜市場，會跟爺爺一起做菜，後來還跟奶奶學了怎麼騎摩托車。姊姊則是養成了多映一來家裡就外出的習慣。有一天，我拜託多映幫我算塔羅牌。

——未來的事一旦占卜出結果就很難改變，但不占卜就會有無限可能，這樣你還想要算嗎？

多映當時是這麼對我說的，我聽完便搖了搖頭。我的確很想知道爸爸的生死，如果還活著的話，他人又在哪裡。但我卻怎麼也問不出口，因為我同時也很害怕占卜過後，會出現爸爸已經不在人世的結果。假如問出口的瞬間就會得到答案，那麼從一開始就選擇不問說不定會更好。雖然這個問題終究會有人去問，知道答案也是早晚的事，但當時的我還是想將得到答案的時間稍微往後推遲一些。

W-launcher

爸爸的任務代號是元順哲。可能不是所有人都知道元順哲這個人，不過但凡玩過由暴雪娛樂開發的「星海爭霸」系列遊戲，應該都曾經聽說過這個名字。

玩「星海爭霸」是爸爸唯一的興趣，他每天都會找「星海爭霸職業聯賽」的影片來看，一有時間就會上暴雪娛樂的遊戲平台 Battle.net 進行線上對決。隨著「星海爭霸II：自由之翼」的發行，暴雪娛樂也正式地中止了「星海爭霸I：怒火燎原」的更新服務。當一款遊戲不再修補程式問題，就會成為外掛程式最可口的獵物。平時不管媽媽再怎麼唸他，爸爸也從沒想過要戒掉這款遊戲，但外掛程式的猖獗讓爸爸開始猶豫要不要繼續玩下去。

在所有外掛程式之中，最基本的是能夠讓使用者看見對手正在做什麼的「地圖全開外掛」，另外還有完全不需要工作，就能無限建造建築物和單位的「無限礦外掛」，後來甚至還開發出單位不會被消滅的「無敵外掛」，「星海爭霸I：

怒火燎原」已經不再是個公平、公正的世界了。

——這個世上本來就不存在所謂的公平正義。

有一次，爸爸向使用「地圖全開外掛」的玩家提出抗議，但對方就回了這麼一句話。

——ㄛ。

爸爸回覆完對方之後，就按下了 Ctlr ＋ Alt ＋ Delete 鍵，強制結束遊戲。如果以這種方式強制關掉遊戲的話，對方的畫面會停住，必須等四十五秒才能繼續遊戲。

爸爸覺得使用外掛程式的玩家們很卑鄙，他們嘴上說的「反正這個世上本來就不存在公平正義」，其實不過是一種合理化自己作弊、鑽漏洞行為的藉口罷了。不過隨著時間的推移，我們似乎逐漸失去了反駁這句話的力氣，假如現在又有人說出同樣的話，我大概也只能無力地點點頭了。不過對爸爸來說，雖然這個世上不存在公平正義，嗯……更正確的說法應該是正因為這個世上是如此不公正，所以才會希望至少在遊戲裡要做到公平競爭才行。

後來爸爸在「星海爭霸」的玩家社群中發現了 W － launcher 這個免費的外掛偵測系統，W － launcher 能夠在遊戲開始之前，就先偵測對方玩家是否使用了外掛程式。W－launcher 背後的開發人員是一名攻讀電腦程式設計的大學生，他的名字正是元順哲。只要安裝 W－launcher，就能驅逐使用外掛程式的玩家，玩一場公平的遊戲。元順哲免費提供 W－launcher 給玩家們使用，也沒有在程式內插入廣告營利，他只在程式的執行視窗下方打了一排字體小小的銀行帳號，供使用者們自由贊助。爸爸每消滅一個目標就會匯一大筆錢到那個帳戶，我仔細地看了看爸爸存摺上的交易明細，爸爸一共匯款到那個帳戶五十一次，每次一百萬韓元。作為一筆維護某個世界公平正義的費用，我實在無法評斷這樣的金額到底是多還是少。

我們班有一名籃球隊的隊員，他是班上少數幾個會跟我說話的同學。他告訴我每次籃球隊去參加比賽，家長們都會湊一筆錢給裁判。

——這麼做不是很卑鄙嗎？

聽完後，我問了那名同學。

——但我們那麼做不是要買通裁判啊！

籃球隊隊員回答。

其實籃球隊隊員們的家長之所以會拿錢給裁判，並不是要對方偏袒自己孩子所屬的那一支球隊。單純只是因為敵隊給了錢，這些家長們才會跟著拿錢給裁判，請他在比賽時作出公正的判決。在一場又一場建立在金錢往來之上的「公平比賽」裡，我們學校的籃球隊從來沒贏過。

——我們已經盡全力了。

輸球後籃球隊的隊員們總會這麼說。

——辛苦了。

我總會用掌聲迎接他們。

公平競爭並不代表一定能取得勝利，爸爸開始使用W－launcher之後也是淨吃敗仗。

我有時候會用爸爸的電腦玩「星海爭霸」，我的勝率還算是滿高的。在玩遊戲的時候，我只要遇到那種跟爸爸一樣毫無實力可言，也不太會在遊戲中聊天的大叔，就會有種自己正在跟爸爸一起玩遊戲的感覺。

網際網路連接了全世界的電腦，在網路世界裡沒有什麼事情是不可能的。有了網路這個媒介，就連時空旅行和次元間的移動，似乎也成了一件非常容易的事，像我就能和住在地球的另一端，日期依然停留在我的昨天的人即時對話。

所以或許爸爸真的在這世界上的某個角落登入了Battle.net。
但我這小小的幻想很快就破滅了。
多映叫我去她的店裡一趟，我頓時有種不祥的預感。就算沒有預知未來這類的特殊能力，人們不祥的預感也總是準得可怕。多映應哥哥的要求，用水脈占卜術算出了爸爸的所在位置。
我嚥了三次口水才開口問多映爸爸在哪。
——這種情況非常少見，但我算出了兩個地方。
多映說完後，將地圖拿出來給我看。那是一張比例尺為一比三億九千萬的世界地圖，地圖上有兩個地方被用圓圈標示出來。
南極和北韓。
——他還活著嗎？
我問多映。
——並沒有出現跟死亡相關的卡片。
多映緩緩地點了點頭，一邊說道。
我思考了一下南極和北韓哪一邊的生存機率比較高，但這兩個地方似乎不會有太大的區別。

我第一時間把這個線索告訴了叔叔。

——這兩個地方都無法說去就去啊……

叔叔說道。

我原先覺得這兩個地方完全沒有任何關聯性，但出乎意料地，南極和北韓有非常多共同點。

叔叔說他打算先打聽南極那邊的消息。

南極基本上不會有人居住，那裡只有極少數的研究人員和探勘團隊。

不過想將南極當地的消息全打聽過一輪絕非易事，因為各國在南極設立的基地和研究所數目遠比想像中還要來得多，但叔叔告訴我他一定會盡力調查。

——如果都調查過了還是沒有結果呢？

我問叔叔。

——到時我會直接飛去南極。

叔叔回答。

如果爸爸真的在南極，他在那裡做什麼呢？不過說到這個，去年夏天我似乎看過南極企鵝因為異常氣候集體自殺的新聞。

求婚

家中的壞消息和好消息有時候會接踵而來，在密涅瓦帶未來大嫂回家後不到兩個月，珍妮就被求婚了，對方是非洲納達反抗軍的首領。納達這個國家經歷了長達三十五年的軍事獨裁統治，斯尼亞克將軍退位之後，與他同名的斯尼亞克二世便接下了總統一職。納達的人民長期過著貧困的生活，備受軍事政府的欺壓，所以從幾年前開始，納達境內就一直有即將爆發革命的跡象。今年，納達反抗軍開始了他們的行動，小規模的內戰不停在各地區爆發，眾人都認為納達將會徹底分裂，陷入一片戰火之中。

珍妮所屬的國際醫療志工團當時就在納達紮營。當時珍妮的任務是要除掉反抗軍的首領，防止戰火繼續在納達蔓延。假如反抗軍的革命行動成功了，人民就能從軍事獨裁政權中解脫，他們的生活說不定能因此變得更幸福一些。如果一切都能如想像中順利當然再好不過，但問題是從客觀的角度來看，反抗軍取得勝利的機率連百分之一都不到。要是反抗軍順利推翻政府的機率能有個兩成，珍妮就不會去納達了。

有些人可能會說失敗了也沒關係，因為革命行動本身對國家日後的發展就具有其意義。但殺手會從另一個視角看這件事，我們在判斷是否該執行任務時，所做的第一件事就是預估死亡的人數。為了未來，固然需要一些犧牲，但如果有太多生命因此犧牲，就根本沒有未來可談了。戰爭中第一個犧牲的是人類純淨正直的心，在戰爭開始的瞬間，就再也沒有善惡可言，戰場上只剩雙方之間的殺戮和生命的逝去。

珍妮理解戰爭會帶來的後果，所以為了防止更多生命因這場革命行動而犧牲，珍妮只能選擇殺掉反抗軍的首領。

納達反抗軍首領的名字叫做南桑。其實南桑原本是一名詩人，後來因為寫了一本名為《索菲亞．羅倫的時間》的詩集被判入獄，在他成功逃獄之後，便成為了反抗軍的首領。

珍妮在前往納達前找來了南桑的詩集，在委託人將詩作的內容翻譯成韓文後，仔仔細細地讀了一遍。

——我只是好奇他的詩裡頭究竟寫了什麼樣的內容，才會被判無期徒刑。

當我問起為什麼要這麼大費周章地找南桑的詩集來看，珍妮是這麼回答我的。

——那妳找到答案了嗎？

我問道。

——裡頭沒有寫什麼必須被判入獄的內容。

珍妮回答。

我原本以為那是因為珍妮沒有讀懂南桑的詩，所以珍妮飛往納達後，我拿起她留下的詩集讀了一遍。不過在我看來，詩裡頭的確沒有任何會惹怒獨裁者的內容。不過說實在的，我這種市井小民又怎麼會知道獨裁者們在讀詩的時候，心裡面在想些什麼呢？

珍妮以國際醫療志工團醫生的身分進到納達，當地的情況比新聞上報導的還要嚴重許多。傳染病在當地大流行，水源和糧食的不足也影響了人民們的健康狀況，在當地幾乎看不到不為疾病所苦的人。

珍妮為納達的人民看病、開立處方，同時也做了無數場手術。就這樣過了幾個星期，珍妮掌握了南桑的所在位置，開始尋找能夠下手的機會。國際醫療志工團紮營的地方就在反抗軍的據點附近，許多前來看診的患者也都是反抗軍的一分子，因此想要蒐集關於南桑的情報並不困難。

反抗軍的戰力比珍妮預估的還要糟糕。他們幾乎沒有重型武器，車輛和燃油也不充足，能說嘴的就只有兵力而已。該地區大部分的居民似乎都加入了反抗軍的行列，裡頭除了有不少和我同年的少年之外，還有許多老年人，時不時就能看到他們拿著步槍代替拐杖在附近走動的身影。珍妮看著當地的慘況，心想必須要盡快除掉南桑，才能阻止戰火繼續延燒。

雖然南桑移動時都是乘坐俄羅斯製的吉普車，身邊也總是圍繞著一群人，但戒備並不算森嚴，所以能夠動手狙擊南桑的機會變得非常多，多到讓珍妮還能思考什麼時候下手最恰當。不過南桑身邊似乎也有人提醒他要注意自己的安全，所以他每次走出營帳時都會穿上防彈背心，並戴上防彈頭盔。

大部分的情況下，狙擊手都會瞄準目標的頭部而非心臟。這麼做的理由並不是因為人類的大腦比心臟還要來得重要，而是和防彈裝備的效能有關。防彈背心因為經過充分的改良，可以有效防止子彈射進人體，就算敵人使用了特製的穿甲彈，也很難真的將防彈背心打穿。相較之下，要找到跟防彈背心效能一樣好的防彈頭盔就沒有那麼容易了。除此之外，跟防彈背心比起來，防彈頭盔在設計和製造的過程中，重量和厚度多少會受到制約。只要是正面被擊中，防彈頭盔一般都會直接被子彈射穿，就算真的射偏了，也有可能一不小心就被子彈的旋轉力道給扭斷脖子，間接造成死亡。

珍妮曾經給過我一個忠告，想要在槍擊戰裡提高生存率就要先拿下防彈頭盔。

——可達鴨。

珍妮扣動扳機。當時南桑看起來正打算跟旁邊的部下說些什麼，接著就被從一旁飛來的子彈射中頭部，直接倒地。這時有人吹響了哨音，周圍的兵力瞬間聚集起來，朝著子彈飛來的方向胡亂掃射。不過珍妮所在的位置在眾人的一點三公里之外，加上子彈射出去後，她就立刻離開了現場，那群人的攻擊並未對珍妮造成太大的威脅。接下來就要看之後的情勢如何演變了，說不定還要再殺幾個人才能完成這個任務，因為失去首領，反抗軍也不會立刻瓦解。為了避免被南桑的追擊部隊追上，珍妮沿路清除自己移動的痕跡，還刻意繞了遠路才回到醫療志工團的紮營處，方才使用的槍枝和裝備則是藏在營區附近的廢棄水井旁。

珍妮一回到營帳，就發現護士正在等她，整個人急得像熱鍋上的螞蟻。

——醫生，妳怎麼現在才回來！有一名緊急傷患，動作要快！

護士說道。聽到是槍傷患者後，珍妮急急忙忙地跑進了手術室。那名頭部中彈被送來的緊急傷患正是南桑。珍妮還記得南桑中槍當時的樣子，她從瞄準鏡裡可以清楚看見子彈卡在了南桑的頭部，並沒有射穿。南桑的防彈頭盔內側似乎多加了一層防護內襯。

珍妮立刻就著手為南桑進行緊急手術。身為一名醫生，無論患者是誰都必須竭盡全力去救他，就算對方是她要殺的人也一樣。雖然當地沒有能做詳盡檢查的設備，珍妮還是靠著她的雙眼和手感，成功地從南桑的頭蓋骨裡取出了子彈，所幸大腦看起來並沒有受到損傷。雖然還是要等南桑恢復意識之後才能知道是否有留下後遺症，但至少能確定不會危及到生命。

手術結束後，珍妮從手術室裡走了出來。外頭圍繞著一群全副武裝的反抗軍，就連原本躺在病床上的患者也拄著拐杖在外等待手術結果。那群人的眼神看起來是那麼不安又迫切，珍妮給了他們一個有些浮誇的笑容，接著張口。

——Hakuna matata！

珍妮說道。這句話在斯瓦希里語裡指的是「不用擔心」的意思。手術室外的反抗軍和患者們熱烈地歡呼著。

珍妮回到自己的營帳，用衛星電話聯絡了Mother。

——任務失敗了。

珍妮簡單地說明了一下情況後說道。

——等那個人出院之後再射殺他一次不就行了嗎？像我昨天洗了一件雪紡襯衫，因為袖子上的污漬洗不掉，只好又洗了第二次。

Mother說道。她一邊和珍妮通電話一邊摺著晾乾的衣服。

——狙擊手在殺人的時候不會管目標是誰，但醫生是絕對不會對自己救活的人下手的。

珍妮回答。

——妳愛怎麼做就怎麼做吧！比起這件事，妳蚊香有記得帶去嗎？

Mother問道。

珍妮掛斷了電話。Mother 和大家的對話方式總是如此，在我們家族中，沒有人有辦法在跟 Mother 對話過後，還能順利得到自己想要的結論的。

珍妮陷入了苦惱。在這種狀態下開始戰爭，反抗軍勢必會被擊潰。但假如在戰爭中落敗之後，反抗軍改在各地展開游擊戰，屆時整個納達都會陷入戰火之中，且這樣的情況可能會持續數年。另一方面，就算戰爭真的徹底結束了，軍事政府針對反抗軍的處刑和肅清行動必然會持續好一段時間。一想到未來十幾年可能會有無數的人因此失去生命，現在除掉南桑和幾名反抗軍領袖來阻止戰爭發生，的確是能夠挽救更多條人命。

黑格爾支持戰爭這件事經常受到世人的批判。但我們終究無法得知黑格爾真實的想法，後人們只是憑藉他留下的文章作出這樣的推測而已。從黑格爾的某些言論之中，確實能看出他極權主義思想的那一面。但就我個人的想法，黑格爾只是試圖要理解並解釋戰爭的意義而已。

因為戰爭是政治生活型態中的一種，所以在評斷戰爭時，應該將其放在對政治的哲學判斷之中。我們不能認為和平是日常，不能將戰爭定義成偶發性的

意外，因為和平與戰爭都是一個國家實際運作時會有的模樣。

戰爭是個人與國家關係之中的一個關鍵要素，它能夠讓每一位人民了解到自己和「全體國民」這個巨大的團體是緊緊相連的。反抗不正義的體制和試圖破壞一切的原動力，能夠讓這個共同體處於安全的狀態。[3]

兩天後，南桑醒了。

——感覺怎麼樣？

珍妮問道。

——我還以為自己來到天堂了呢！因為站在我眼前的人實在是太美了。

南桑回答。

——因為中彈的地方距離視神經很近，原本還擔心你的視力會受到影響，但看來是沒什麼大礙。

珍妮接著說道。

南桑看到珍妮的第一眼就愛上她了。不過這也不是什麼值得大驚小怪的事，因為光是我們家那一區，就有上百名對珍妮一見鍾情的男人。有一次，我把學校實作評量中最重要的東西忘在家裡，最後是珍妮幫我帶來學校的。從那天起，我們班三分之一的男生的初戀都成了珍妮。

珍妮很漂亮。

她從小就不停地收到來自各家經紀公司的名片，沒遞過名片給珍妮的經紀公司都沒撐多久就倒閉了。

每一個生命體都有過可愛又漂亮的時期，而這樣的時期通常都是年幼的時候。孩子看起來之所以這麼美好，說穿了就是為了生存，因為唯有長得可愛、美麗的生命，才有辦法在他人的照顧和關愛之下成長。

珍妮到現在都還是很美。

我對此感到有些悲傷。

南桑住院治療了一個月。雖然手術後的狀況良好，但依他的傷勢來看，照理說還是要再多加觀察，並休養一陣子，不過納達當時的局勢已經變得十分危急。南桑住院治療的那一個月，他和珍妮聊了很多事。

3 格奧爾格．威廉．弗里德里希．黑格爾，《合氣道入門》，時代精神，一九九八，頁七七。

——光靠士氣和兵力是無法在現代的戰爭中取得勝利的，你知道自己根本沒有勝算嗎？

珍妮問道。她還是無法決定要不要殺掉南桑。

——我們並不是傻瓜。

南桑回答。

——你知道會有多少人因為這場革命行動失去性命嗎？

珍妮又開口問。

——那同時也代表這片土地上有多少不惜賭上性命，也想要為自己發聲的人。正是因為我們這麼努力地吶喊著，像妳這樣的人才會來到這裡幫助我們不是嗎？

南桑回答。

——假如你們真的革命成功了，你想建立一個什麼樣的國家？

珍妮問道。

——一個不管人們寫了什麼樣的詩，都不用受牢獄之災的國家。

南桑回答。

南桑在出院的時候把自己的軍牌項鍊交給珍妮，告訴她如果戰爭結束之後他還能活著回來，就要請珍妮跟他結婚。珍妮收下了軍牌項鍊，告訴南桑這些話等他打贏勝仗之後再說。

——所以妳算是答應他的求婚囉？

我問珍妮。

——我只是給他一個能好好求婚的機會而已。

珍妮回答。

——可是哥哥也說納達的反抗軍根本不可能打勝仗啊！

我有些疑惑。

——我心中自有打算。

珍妮說道。

——什麼樣的打算？

我追問。

——換位思考。

珍妮說完之後便失聯了，只聽說她因為有重要的事要處理，所以先離開醫療志工團的營地。

——看來要換一台新的洗衣機了。

我把聯絡不上珍妮這件事告訴 Mother，但她只回了這麼一句話。

戰爭開始了，雖然戰火還沒延燒至全國，不過在納達東方與西方的長長戰線上，反抗軍節節敗退。世界各國對納達的內戰表示擔憂，新聞媒體大肆地批評納達的軍事獨裁統治，但斯尼亞克二世認為各國的行為是在干涉納達的內政。

我大概猜到珍妮想做什麼了。當初的想法是假如南桑死了，失去首領的反抗軍很有可能會瓦解。那麼換個角度想，假如今天死去的人是執政者斯尼亞克二世的話，政府軍自取滅亡的可能性也很高。斯尼亞克家族以世襲的方式傳位，納達在這個家族的獨裁統治之下過了三十五年，在這麼長的時間裡，他們自然樹立了不少敵人。即使對歷史不太了解，也不難想像當一個擁有絕對權力的執政者死去時，國家本就會走向分裂。

珍妮趁著所有兵力都集中在同一邊的時候，偷偷潛入了納達的首都，接著綁架了斯尼亞克二世。珍妮並沒有像平常一樣用狙擊的方式殺了目標，而她之所以會選擇綁架這種危險又艱難的方式，是因為她有個問題想親自問斯尼亞克二世。

——你還記得一本叫做《索菲亞・羅倫的時間》的詩集嗎？你當初為什麼會判這本詩集的作者無期徒刑？

珍妮問道。

——怎麼會發生這種事呢？我當初讀完詩集之後覺得很感動，還要底下的人好好地獎賞這本詩集的作者呢！一定是部下們誤會了我的意思！

斯尼亞克二世回答。

——果然翁。

珍妮這次沒有用步槍，她用小型手槍射爆了斯尼亞克二世的頭。其實槍口貼著頭部射擊的時候不用特別調整呼吸，照理說也不用唸什麼詞語，但習慣這種東西是很難改變的。

珍妮接著又用手槍取了幾名將軍和政要人士的性命。

——喇叭芽、腕力、小火龍。

政府軍比想像中還要容易瓦解。兩名師團首領加入反抗軍之後，整個情勢立刻被逆轉，政府軍一波接著一波地投降，革命行動就此落幕。南桑最後成了革命政府的總統，而珍妮在總統選舉之前就回到了韓國。

珍妮隸屬的國際醫療志工團每星期都會收到一封信。

——我活著回來了，請跟我結婚吧！

珍妮並沒有回信。

珍妮要 Mother 快點派下一個任務給她，去哪都可以，越遠越好。珍妮的眼神就像在看瞄準鏡另一端一樣，靜靜地凝視著遠方。

Mother 買了最新款的滾筒洗衣機。

#跑步

我最近在打工，做的工作是送報員。之所以會選擇這個工作一方面是為了錢，一方面因為這是訓練的一環。媽媽每個月只給我十萬韓元的零用錢，這些錢根本不夠花，只要去幾次福利社，一星期就全花光了。媽媽連我們學校門口賣的辣炒年糕一份要多少錢都不知道。對媽媽來說，錢不過是一種殺人的時候需要用到，殺完人之後就能拿到的東西而已。要不是爺爺、奶奶、哥哥和姊姊會瞞著媽媽偷偷拿錢給我，光是靠那點零用錢，我根本無法過正常的生活。說不定媽媽老早就料到家裡的人會拿錢給我，所以才故意只給我一點點零用錢。

之前靠著家人們給的零用錢，日子也算過得不錯，但現在我有了一個想擁有的東西。某天沿著漢江市民公園步道跑步時，我看見一堆情侶在操縱空拍機。

——親愛的，往左，往左！

——親愛的，往右，往右！

——親愛的，海鷗，有海鷗！

我在網路上查了一下，空拍機的價格差距非常大。要滿足我想要的高度和速度，還能放上照相機的款式大概要三百萬韓元左右，以送報的酬勞來看，大概送個六個月就能入手那台空拍機了。我最近在讀《合氣道入門》的時候，突然產生了想俯瞰我自己和這個世界的想法。黑格爾光是坐在書桌前，就能夠理解人類和這個世界，並加以說明，但這樣的方式並不適用於我身上。

其實打工有很多選擇，而我之所以會選擇送報是為了訓練跑步能力。

老洪要黑格爾練習跑步。

叔叔也要我練習跑步。

黑格爾也鼓勵想要學合氣道的人練習跑步。

其實所有運動的基礎都是跑步。

我們班上的籃球隊隊員也每天都會練跑。另外，他還會去位在學校後方的公園裡做登階運動，重複上下階梯，他說這有助於提升彈跳力。某一天，我跟著籃球隊隊員一起去做登階運動，大概只重複了三趟，我的腿就沒力了。籃球隊隊員說他每天都會來回跑十次。

——你這麼辛苦地訓練能得到什麼？

氣喘吁吁的我一邊調整呼吸一邊問道。

——勝利。

籃球隊隊員回答，語氣非常理所當然。

——接下來呢？

——訓練。

——接下來呢？

——勝利。

——再接下來呢？

——訓練。

我先前也說過，我們學校的籃球隊在比賽中從來沒贏過。但幸好他們看起來十分樂在其中。

跑步同時也是殺手必須具備的基本能力，無論是製毒師、炸藥專家、暗器專家、狙擊手還是意外死亡專家，所有人都必須訓練跑步，這是為了成功殺掉目標，也是為了不在任務中被殺。從空拍機上往下看時，說不定看起來又會是另一種模樣。

派報社想要找的其實是會騎摩托車的送報員，所以當我說我要用跑的去送報時，負責管理工讀生的職員立刻就拒絕了我，但因為我實在太堅持了，那名職員只好帶我去見派報社的老闆。見對方沒有毫不留情地把我趕走，我心想可能是願意來這裡打工的人並不多。

——你要用跑的去送報？你是運動員嗎？

派報社的老闆問道。

我給了老闆一個肯定的答案。

——你是練什麼的？

派報社的老闆再次開口詢問。

——合氣道。

我回答。

——我小時候，其中一個跟我一起送報的孩子是一名拳擊選手。

派報社的老闆說道。

——他後來發展得怎麼樣？

我問道。

——現在他已經是世界排名第二的拳擊選手了。我們送報的範圍很廣，可能會很累，但你就努力試試吧！

派報社的老闆說道。他看起來像是陷入了過去的回憶之中，那個表情和爺爺吃馬鈴薯丸子刀削麵時一模一樣。

——我會好好做的。

我回話。

我就這樣成了一名送報少年。

我凌晨五點就要到派報社去，每天要送的報紙有兩百份。我負責送的地方沒有一般住家，全都是補習班、房屋仲介公司、教會、美容院、銀行和韓方醫院這類的地方。現在報紙已經成了人們為了消磨等待的時間才會讀的讀物，另外一個功能則是培養殺手。

拿到報紙之後，我所做的第一件事就是翻到社會版，接著跟送報少年們一樣，大聲地把頭條新聞唸出來。

一名在大型連鎖咖啡廳打工的工讀生自殺了。他每天都非常認真工作，一天工作八小時，有時還要額外加班兩小時，但債務還是不停地增加。不停被催繳卡債的工讀生在確認過自己存摺上的餘額後，從他頂樓加蓋套房的窗戶一躍而下。遺書上只寫了短短一句話。

——一群王八蛋。

那名曾向他催繳卡債的信用卡公司職員，說不定正一邊喝著酒一邊責怪自己，想著自己過去催債的時候真的沒說過半句難聽的話嗎？

咖啡廳的店長也許也在同一個時間喝著酒，回想自己是否有給工讀生人性化的待遇。

這名工讀生的死，讓那些還活著的債務人和工讀生得到了比過去稍微好一些的待遇。雖然過不了多久，一切又會回歸原樣。但至少他們暫時獲得了能夠喘口氣的時間。在這個只有生命的逝去才能換來喘息機會的世界，殺手的存在是必要的。

殺死這名工讀生的人究竟是誰呢？也許是連鎖咖啡廳的代表理事，也有可能是借錢給死者，從中賺取利息的信用卡公司大股東。這些人都是非常優秀的殺手，他們能夠殺人於無形，在無人知曉的狀況下奪走一條又一條人命。

這種想法在我的腦海裡揮之不去，我一邊想一邊送著報紙。大部分的店家都還沒開門，唯一開著燈的地方只有教會。

——信靠耶和華的人有福了。

教會的入口寫著這樣一個句子。或許就是因為我不是教徒，才這麼沒有福氣吧？不過我還是相信想要獲得福氣一定還有其他的辦法。

黑格爾曾經說過，無論是什麼事，都有無限多種方法，我非常同意那句話。

#合氣道—入門

為了要告訴學習者正確的動作，武術教科書中一般都會有圖畫或照片示意。正祖時代，由武士白東修編撰的《武藝圖譜通志》之中也有一半是圖畫。但《合氣道入門》中卻連一張圖都沒有。《合氣道入門》並不會教學習者任何動作，書中唯一與動作有關的內容是一段關於基本姿勢的簡短說明。

以端正的姿勢站好，左手握拳，右手自然舒展開來，左右倒過來也無所謂。[4]

這段簡短的說明出現在書籍的後半部。

至於黑格爾為什麼會這麼做，就我個人的理解是這樣的。

一旦定下某種動作或姿勢，我們的想法和動作就都會被制約。真正的合氣道，應該是一種能夠根據所處的情況隨機應變，不被所謂標準動作給限制住的武術。最重要的只有要用端正的姿勢站好而已，用黑格爾的話來說就是「定立」。

其實我也沒有完全明白那是什麼意思。

太陽底下無新鮮事。

這句話出自於《舊約聖經．傳道書》的第一個章節。

對於對各種武術都有涉獵的我來說，對這句話是再同意不過了。跆拳道、空手道、泰拳、巴西戰舞、截拳道、太極拳……無論是哪一種武術，踢腿和出拳的動作都差不多，抓、扭、折、摔等動作也都非常相似。不過有些人可能會說極小的差異也有可能會改變結果。

有一天，珍妮講了槍的發展歷史給我聽。

朝鮮時代有一種叫做勝字銃筒的武器，簡單來說就是大砲的縮小版，是一種讓人能夠隨身攜帶，朝敵人發射的火砲。不過壬辰倭亂時，使用勝字銃筒的朝鮮軍人們無力抵抗日軍的鳥銃部隊，全軍覆沒。其實就武器的威力和射程而

4 格奧爾格．威廉．弗里德里希．黑格爾，《合氣道入門》，時代精神，一九九八，頁一五六。

言，勝字銃筒無疑更勝一籌。兩者之間的差異就只有一個，鳥銃有扳機，勝字銃筒沒有，這個微小的差異在戰場上扮演了非常重要的角色。

——不管怎樣，最後打勝仗的是我們啊！

密涅瓦說道。

這我在學校上課時也有學到，朝鮮最終在壬辰倭亂中取得了勝利。但在過程中，我們的國家被敵人侵略，家園被燒毀，數不盡的人民也因此喪命。雖然最後成功地擊退了敵軍，但這真的能稱作是勝利嗎？我認為這背後還有許多需要思考的問題。

即便微小的事物也能夠扮演重要的角色，甚至是改變歷史，這也不是什麼新鮮事。《舊約聖經·傳道書》的歷史非常悠久，在如此古老的書籍中，它也是少數幾本人們至今仍在閱讀的書。換言之，想要反駁這樣的書上頭寫的話是一件非常困難的事。

因此黑格爾並沒有反駁這樣的觀點，他只是指出了一條全新的道路。

太陽底下無新鮮事，但在精神的世界裡，可以不斷地創造出新的東西。[5]

在《合氣道入門》一書中，「精神」這個詞語出現了五百四十三次。但它每次出現時，感覺想表達的意思都不太一樣，所以很難準確地知道黑格爾想要表達什麼。

但這也有可能是翻譯的問題。這就像把金槍魚屬底下的十幾種魚類和旗魚科裡的魚類全混在一起，統稱牠們為鮪魚一樣，譯者在翻譯的時候，也有可能把黑格爾作了區分的單字全都統一譯成了「精神」。

貫通全世界的宇宙生命力、人類和動植物的共同力量、人類的情感、意志和思維全都是「精神的契機」。

假如將這個概念應用在踢腿上，就可以這麼說明。

一般而言，踢腿是一種將膝蓋的移動、腰部的旋轉、體重的轉移、踩地和速度結合成一個動作的技術。無論是哪一種武術，踢腿的動作都大同小異。除此之外，想要敏捷地施展出踢腿技術，攻擊時就要選擇最短的距離。

5 格奧爾格・威廉・弗里德里希・黑格爾，《合氣道入門》，時代精神，一九九八，頁一五七。

國中的數學課有上到跟最短距離相關的內容。
連接點與點之間最短距離的是直線。
因此為了要做到快速又強力的踢腿攻擊，都會盡量讓踢腿的軌跡接近直線。
武術造詣越是深厚的高手，腿踢出去的軌跡就越接近直線。
但在黑格爾流派的合氣道之中，踢腿攻擊的原理是下面這樣子的。
目標在眼前＋用腳攻擊＋用手打也沒關係。
什麼移動、平衡、軌跡、旋轉都隨便就好，最重要的只有「精神上的自由」。
其實我也沒有完全明白那是什麼意思。
武術高手李小龍曾經這麼說過。
——我不害怕練過一萬種踢法的人，我只害怕同一種踢法練了一萬次的人。
但黑格爾是這麼說的。
——動作大概練一下就好，但要去設想一萬種可能遇到的情況。
畢竟一般人是無法練習一萬種踢法，或練習同一種踢法一萬次的，如果真的這麼做了，那個人一定會馬上累暈過去。李小龍所說的那種情形，大概只有他本人和叔叔這種世間少見的高手才做得到。普通人只要做自己能夠做到的事情就好了，畢竟合氣道原本就是一種讓弱小的人防身的武術。其實其他類型的武術也是如此，原本都是讓弱者能夠與強者對抗而設計的，只不過現在大部分的武術都已經變質，它們成了強者之間的拳腳相向，而弱者僅僅只是在一旁看著。

雖然我沒辦法全然理解黑格爾所指的「精神」是什麼，但我已經了解到只要拋下制式的動作和姿勢，我便能獲得自由。當我能以自己覺得最舒服的方式移動身體，也就自然而然地能將叔叔教過我的人體要害內化成自己的東西。就我個人的體悟，我認為黑格爾流派的合氣道的原理是這樣的。

將不同的東西結合在一起。

大概是在我結束送報打工，順利買到空拍機的時候，我終於強到能夠和叔叔對練了。

叔叔的手掌突然朝著我的下巴襲來，我整個人往後退，接著拉住叔叔的小指頭扭了一圈，叔叔的手腕就這樣脫臼了。

——這是什麼技術？

叔叔一邊把他的手腕接回去，一邊問道。

——這不是技術，是精神！

我回答。

黑格爾曾經說過，在合氣道的對決中，對手越是厲害就越容易打敗。因為高手追求的是速度，也就是最短的攻擊距離，站在被攻擊的人的立場來看，掌握對方的攻擊軌跡就變得非常容易。雖然知道對方可能會從哪個方向攻擊自己，不代表就都能擋下或是避開，但至少還能做出一些應對，比什麼都不知道的情況好太多了。

不過有一個問題，黑格爾的合氣道並不是一個適合殺手的武術。

想要殺人，就會被殺。[6]

合氣道只能殺掉想要殺害自己的人。不過換個角度想，這似乎也是最適合殺手的武術，因為人們活在這個世界上，就是不停地在互相攻擊。

Debut

某天，正當我在漢江玩空拍機時，接到了一通來自叔叔的電話。叔叔說是急事，要我快點回家，他的聲音聽起來不太對勁。

回到家後，我發現爺爺、奶奶、媽媽、哥哥和姊姊都在等我。

——把衣服換上吧！

媽媽把合氣道的道服遞給我。我的道服就跟上了漿一樣，熨得整整齊齊的。我突然有種不祥的預感，心裡很確定有件既危險又麻煩的事情正在等著我。我全身的神經細胞都在傳送逃跑的信號，不過在五名訓練有素的殺手面前，我是不可能逃得了的。

我換上道服之後上了車。這是一台偶像團體搭過的保母車，該團體的成員

6 格奧爾格・威廉・弗里德里希・黑格爾，《合氣道入門》，時代精神，一九九八，頁二〇二。

們因為吸毒全數入獄之後，這台車便被公開拍賣。密涅瓦買下了這台保母車，並改造成作戰用車輛。這台車有防彈、雷達偵測、竊聽和自動更換車牌等功能，目前還沒有真正在任務中使用過。負責開車的是小鬼。

——叔叔向你委託了一個任務。

我開口詢問情況後，媽媽是這麼回答我的。姊姊在旁邊點了點頭，證實了這件事。

——有必要所有人都去嗎？

我又開口問。

——我們不是沒全家一起出去玩過嗎？就當作是去郊遊吧！

媽媽說道。

因為車窗貼的隔熱紙顏色非常深，完全看不到車外的風景，我伸手順了順跟刀鋒一樣有稜有角的道服，接著就在車上睡著了。當我再次睜開眼睛時，我們已經到了某個倉庫，倉庫後方有一片大海。

我們在倉庫的入口接受了搜身，雖然對方拿著金屬探測器，但檢查得並不是太仔細。不過門口的一位安檢人員似乎有些私心，因為他在搜姊姊身的時候搜得特別認真。那名安檢人員的小命差一點就保不住了，只要他的手再往上個五公分，他就會成為珍妮的下一個狙擊目標。

雖然不清楚對方對我們進行盤問和搜身的目的是什麼，但我知道他們犯了一個很大的錯誤。他們除了把髮夾和硬幣還給媽媽之外，對爺爺跟奶奶更是幾乎沒檢查就放他們進去了。人們經常會認為老人是弱者，也因此不會對他們抱持什麼戒心。但如果站在另一個角度看上了年紀這件事，就會意識到他們是一群度過了艱難的漫長時光，還能存活下來的人類。其實在我們家族的成員中，最強大也最危險的人物正是爺爺和奶奶。爺爺現在手上握著的拐杖裡有足以殺死一千人的毒藥，而奶奶脖子上領巾的材質有百分之八十是炸彈。

我們被帶到叔叔所在的地方。叔叔坐在沙發上，正在和一名頭戴紳士帽的男人對話。我經常在新聞上看到那個男人，他是我之前送的那家報紙背後的大老闆，叔叔稱呼對方董事長。因為保鑣的阻攔，我們一行人只能站在遠處等他們結束談話。

——他們現在狡辯說不知道這件事。

董事長說道。

——是我太大意了，我沒想到他們會做到這種地步。

叔叔接話。

——畢竟他們已經連續輸了五場比賽，想也知道一定氣得跳腳。我只是沒料到他們會對選手動手腳。

——之前也有用這種方式比過嗎？

——赤手空拳的比劃還是第一次，之前都是拿真的劍對決。

——這次怎麼突然改變方式了呢？

——我剛剛不是說我們已經連續贏五場比賽了嗎？他們根本不是我們的對手。

——看來您這邊的人有著壓倒性的優勢啊！

——劍道界有一位青年才俊。

——您說的是安師範嗎？

——你也知道他啊！先前那五名對手全被他一刀砍斷了左臂。

——作為一名武道家，我一直很想跟他較量一番。現在這麼聽來，他似乎比傳聞中還要厲害啊！

——不知道為什麼每次說到這件事，大家的反應都一樣。

——因為連續兩個人中招也就算了，但從第三個人開始，明明都知道對方會攻擊左臂，卻還是擋不住他的攻擊。

——看來你找的人到了。

董事長發現我們的存在，停下了和叔叔對話。媽媽推了推我的背，讓我站到最前面去，我鞠了個躬向董事長致意。

——他就是你的姪子嗎？這麼說可能不太禮貌，但看起來似乎有點弱啊？

董事長瞥了我一眼後說道。

——如果是要以誰比較強來分勝負，我的姪子絕對會輸。雖然不知道背後有什麼原因，但我看對方派出來的選手整個人充滿了殺氣，如果是這種攸關生死的決鬥，這個孩子就一定能贏，我們家的人天生流著這樣的血。

叔叔說道。

——這次派出來的人之所以那麼殺氣騰騰，是因為第五個被砍斷左臂的劍客是他的哥哥。總之，我信你這個人，自然也相信你的眼光和你所說的話。快做準備吧！不能再拖下去了！

董事長說完之後便從沙發上站了起來，他離開倉庫的時候跟爺爺四目相交，兩人互相行了個注目禮，看來董事長和爺爺也是舊識。

——對不起，我現在站不起來。

叔叔說道。

——你被下了毒。是用極細的針從你肩膀刺進去的，居然連被下了毒都不知道，沒用的傢伙！

爺爺仔細地看了看叔叔的身體後說道。爺爺接著從拐杖的底部拿出褐色的藥丸讓叔叔服下。

——應該是藥物檢查的時候被下毒的。雖然同樣的手法他們應該不會做第二次，但以防萬一，還是要請您幫忙多留意一些。

叔叔說道。

——要是有人膽敢在我眼前對我的家人下毒，我就一口氣把這裡所有人全都送上西天。

爺爺說道。

叔叔向我招了招手要我過去，看來爺爺給的藥丸效果還不錯。

——你正式畢業了。

叔叔說完，簡單地為我說明了一下情況。

叔叔為了要調查南極和北韓，和剛剛那位董事長做了交易。韓國和日本的財閥要進行一場格鬥技比賽，賭注是國寶級的寶物。叔叔原本要作為選手出戰，只要贏了比賽，就能得到他想要的。

——他們賭的是什麼樣的寶物啊？

奶奶忍不住插嘴問叔叔。

——鄭運將軍的劍和織田信長用過的茶具組。

叔叔回答。

——這種國寶居然成了個人收藏，這些可惡的傢伙！

奶奶說道。

叔叔簡單地為我說明了比賽規則，但其實也沒什麼好說的，因為唯一的規則就是沒有規則。沒有「倒地規則」，也沒有裁判，只要讓對方無法再繼續戰鬥就能取得勝利。

——把人給我殺了。

翁心說道。

——殺了他。

Mother 接著說。

——把寶物搶過來！

小鬼對我說。

——好好表現。

接著是密涅瓦。

——要贏。

最後是珍妮。

家人們對我這麼有信心，似乎是一件值得感激的事，但同時又覺得怎麼沒有半個人擔心我的安危，這不禁讓我有些難過。

#辯證法

我的對手是一名叫日出夫的空手道選手。

日出夫看到我的時候嘆了口氣，接著揚起左邊的嘴角，露出了笑容。日出夫的身高跟叔叔差不多，但體重大概多了二十公斤。在格鬥技裡頭，體重是非常重要的分級標準，雖然體重較重的一方不代表一定就會獲勝，但當雙方的體重差距超過一定程度時，就根本不可能進行比賽。想要贏過一名一百二十公斤的對手，我的體重至少要大於九十公斤。雖然我已經變得比以前更強了，但體重依然還是五十公斤。

不過在決鬥裡頭，體重不代表任何意義。畢竟雙方交戰的時候，也沒辦法因為對方看起來比我重，就把對手換掉。

對殺手來說，體重代表的意義是處理屍體的費用。假如屍體很重，在搬運的時候就會很辛苦，不管是燒毀還是埋進土裡都需要花更多的錢。

蜂鳴器響起，旗幟高掛，比賽正式開始。從這一秒開始，無論發生什麼事，都不能有任何的外力介入。

比賽一開始，日出夫就揮出一個正拳，他這樣的舉動分明是在小看我。雖然日出夫的那一拳速度非常快，也能感受到他滿滿的殺氣，但這不過只是個單純的攻擊而已。我轉身躲開日出夫的正拳，接著將他的手臂往身前拽，再推向他另一側的肩膀。最後趁日出夫失去平衡時，伸出腿使出「小外掛」，勾住日出夫的腳後跟將他絆倒。

日出夫立刻站了起來，從他的表情可以看出這樣的情況讓他感到有些意外。接下來是迴旋踢加手肘的連續攻擊，我往日出夫的方向撲過去，讓他的迴旋踢偏離目標部位，接著抓住他的手肘往下壓。日出夫的力氣很大，他用力地撐在原地。我停住壓手肘的動作，轉動身體重心已移到上方的日出夫，將他摔在地上，這個招式與柔道的過肩摔相似。

日出夫一邊發出怒吼聲一邊站了起來，外表雖然沒有一絲一毫的損傷，但看得出他已經快氣瘋了。又一個正拳朝我飛過來，緊接著是低掃腿和中段踢。

比起剛開始的攻擊，日出夫刻意放慢了攻擊速度，很明顯是故意要引我抓住他。所以我便順著他的意，一邊裝作要抓住他一邊避開攻擊，重複做了好幾次假動作。在避開第四次攻擊之後，我冷不防地伸長了手臂給日出夫一個耳光。

日出夫充滿力量的拳頭朝著我的下巴襲來。我往後退，拉住日出夫的手腕往側邊扭轉，他的腕骨發出骨頭錯位的喀喀聲。日出夫整個人往我這裡衝過來，我趁機頂開他的膝蓋，讓他跌倒在地。

日出夫是一名經過嚴格訓練的格鬥家，他的每一次攻擊都準確地瞄準了足以致命的要害。他想殺了我，但我並不打算殺他，因為殺手不會在有觀眾在場的情況下殺人。

在韓國有兩個因為暗殺而聞名的人，這兩個人的名字是趙英珪和安斗熙，他們分別殺死了鄭夢周和金九。但在我看來，他們兩個人不是殺手，而是軍人。殺手是接受委託執行暗殺的人，而軍人則是為了服從上級的命令而殺人。其實光是我知道他們叫做什麼名字這件事，就足以證明他們不是殺手了，因為殺手從來不會留下名字。殺手殺人之後，人們並不會知道兇手是誰，甚至有時候連誰被殺了都不知道。

叔叔說如果是要以誰比較強來分勝負，勝出的一定是日出夫，但我則不這麼認為。因為黑格爾流派合氣道基本上指的是「不敗的武術」。所謂的強大並不是贏，而是不敗。

原理非常簡單。

黑格爾提出了兩個能夠解決矛盾的方法。第一種方法比較消極，也就是直接將被籠罩在矛盾裡的事物全都消滅，在互相碰撞和消極的統一之中化為零。

反過來說，如果想要以積極的態度解決矛盾，徹底擺脫有限制的消極辯證法，就不能夠否認矛盾的存在或是直接將矛盾清除。我們反而應該要將矛盾留在自己的內在，承受矛盾帶來的緊張感，接著透過將對自我的否定轉換成因為自己產生的自我否定，一遍又一遍地嘗試在矛盾之中堅持自我。將這種絕對的自我否定當作媒介，讓自己與矛盾合而為一，積極地讓兩者成為一體，才是積極解決矛盾的方式，同時也是主體誕生的源頭。

「精神」最初是以未分化的狀態，停留在自身內部的「在己」，接著在自我否定和外化的過程中，成為了與他人建立起關係的「為己」。最後則是從自身的他者回歸到自己身上，成為「在己與為己」，這就是合氣道。

日出夫對我進行攻擊。
在己（正題）。
為己（反題）。
在己與為己（合題）。
在「精神的自由」之下，無論面對什麼樣的攻擊，我都能應付自如。
我撂倒了日出夫。
——莫一幾兜。
每次將日出夫打倒在地，我都會說一次這句話。
——姊姊，日文的「再一次」要怎麼說？
我在比賽開始前問了珍妮。
——もう一度。
珍妮回答。
——莫一幾兜。
我學著珍妮的發音。
——莫一幾兜。

我唸道。

日出夫就這樣不停地跌倒又站起來，雖然在重複跌了五十次之後，他的肩膀和手腕關節都受到了些許衝擊，但傷勢並不嚴重。真要論戰力，其實日出夫的狀態跟比賽剛開始的時候差不多，不過他已經不再做任何攻擊了。畢竟先前的每一次的攻擊都被破壞，還被對手打回來，在這種狀態下，日出夫已經無計可施了，我大概可以猜到他現在是什麼樣的心情。

黑格爾在和老洪對練之後，寫下了這樣一個句子。

我今天經歷了圓環們的圓環。[7]

真理、矛盾、哲學和暴力，一切終究都會回歸到自己身上。在面對文風不動的對手時，利用對方的力量進行反擊的武術就變得毫無用武之地，因為可以利用的力量實在是太少了。不過力量不夠多和完全沒有又是兩回事，就算一動也不動，地球也會不斷拉扯著我們，人類光是站著就需要用上相當多力量。

我走向日出夫，先用手掌抬高他的下巴，接著再抓住他的左膝後方並往前拉扯。日出夫失去平衡跌倒在地，接著便沒再站起來了。雖然一開始制定規則的人想看到的並不是這樣的結果，但無論任誰看來，現在的日出夫都明顯無法再繼續戰鬥了。我向日出夫行了個禮，便走下了賽場。

珍妮伸出了手和我擊掌。

密涅瓦為我鼓掌。

翁心摸了摸我的頭。

而小鬼老早就跑去看韓日雙方所賭的寶物了，似乎從頭到尾都沒看比賽。對一名考古學家來說，我畢竟還是太年輕了。

Mother替我倒了一杯水，水是溫熱的。

——運動過後喝冰水會肚子痛。

Mother說道。

叔叔正在和從觀眾席下來的董事長對話。

——你的姪子還真是殘忍啊！苦練了大半輩子的武功全被一一攻破，這要

7 格奧爾格・威廉・弗里德里希・黑格爾，《合氣道入門》，時代精神，一九九八，頁二三一。

一個大男人未來怎麼活下去啊？那種感覺大概就跟我眼睜睜看著自己創立的公司一間接著一間倒閉是一樣的吧！

董事長對叔叔說。

——無論是活著還是死亡，本就都是件痛苦的事。

叔叔說道。

這倒是個我從未想過的觀點，看來我「精神上的自由」還是不夠。如果董事長對我的評價沒有錯，就能確定我真的是爸爸的兒子了。對於日出夫，我心裡其實多少有些歉疚。我不禁會想，在能殺了對方的時候給他一個痛快，是否才是真的為對方好呢？

——我會派人去位於南極洲的世宗科學基地，北韓那邊可能會需要多一點時間，畢竟有很多人等了半個世紀，都還找不到他們的家人。

董事長說完後，便拿起雙方賭注中的寶物離開了倉庫。

不久後，報紙上刊登了一則報導，上面寫著日本歸還了壬辰倭亂時期戰死的鄭運將軍之劍，只要到國立中央博物館就能一睹劍的真貌。

叔叔因為還有地方要去便自行離開，剩下的人則再次搭上了保母車返家。

我在回家的路上也睡著了，「精神的自由」似乎和肉體的疲勞成反比。我猜媽媽對那天下的結語應該是這樣的。

全家出遊的樂趣。

＃手術

殺手比一般上班族更常接受健康檢查，畢竟要長壽才能殺更多的人。在這次的定期健康檢查過後，媽媽住院了。醫生在檢查乳房時摸到了腫塊，所以做了更進一步的活體組織檢查，檢查後確定了那塊腫塊是腫瘤，媽媽患上了乳癌。

媽媽說她要趁這個機會休息一陣子，除了姊姊之外，她不讓任何人去醫院探望，媽媽平常做的工作則是分配給了家裡的每個人。

我被分配到的工作是分辨委託的真偽，決定是否要接受委託以及分派執行任務的人。

——為什麼只有我是這種工作？

姊姊轉達了媽媽分配的工作，我立刻提出抗議。

——因為那是裡面最簡單的一個。

姊姊回答。家裡的其他成員也一副理所當然的樣子，在一旁點了點頭。原來決定要不要殺某個人，是一件比洗衣服、打掃和做菜還要容易的事啊！或許真是如此吧？

我打了通電話給媽媽。

——在醫院過得還好吧？

我問媽媽。

——當然好啦！我還可以看之前沒時間看的電視劇呢！

媽媽回答。

——要把壞蛋們殺掉嗎？

我又問道。

——世界上沒有真正的壞蛋，只是立場不同而已。

媽媽回答。我突然想起之前哥哥跟我說過的一個案件。警方逮捕了專門騎摩托車行搶的一群搶匪，但他們在調查金錢流向時，發現這群搶匪搶來的錢大多都捐給了聯合國兒童基金會和社會福祉共同募金會——愛的果實，也會利用那筆錢幫助患有心臟病的兒童。如果把某個人從三歲開始犯下的所有惡行全都集結在一起，就會覺得這個人就算被人用石頭砸死也是罪有應得。反之亦然，如果把某個人從三歲開始做過的所有善行全都集結在一起，就應該頒發個獎狀或感謝牌給他。

某一天，我們學校的籃球隊接受了報社記者的採訪，採訪的主題據說是「吊車尾的跳躍」。

——他是一位跟甘地很像的人。

當記者問起總教練是什麼樣的人，籃球隊的隊員是這樣回答的。籃球隊的總教練是個禿頭，有著瘦削的身形，但之所以會說他跟甘地很像並不是因為他的外貌。籃球隊的總教練並不執著於勝負，是一名優秀的教育人員。但與此同時，他也做過和入學舞弊、賄賂和偽造紀錄等事。我們學校的籃球隊之所以會這麼弱，正是因為只要有優秀的選手入學，總教練就會私下收賄，將該名選手賣到別間學校去。

甘地不斷地高喊「非暴力」的口號，但結束抗爭行動回到家後，他卻總是毫不留情地毆打妻子。甘地的妻子死於肺炎，其實當時英國的醫生曾提出該肺炎有藥物可治，甘地卻以英國人的話不可信為由，就這樣任由妻子病逝。但後來甘地自己染上瘧疾時，卻讓英國醫生為他打針治療，順利活了下來。

籃球隊的總教練跟甘地是同一類人，而且這個世界上其實存在著無數名甘地。或許就像媽媽說的一樣，這世上其實沒有真正的壞蛋。仔細想想，甘地也是被人暗殺身亡的。

——你必須去思考要殺誰才能讓更多人活下來。對了！替我提醒哥哥洗衣服的時候要用滾筒洗衣機專用的洗衣精，還要記得加柔軟精，他每次都會忘記。

媽媽說完之後，告訴我她看電視劇的時間已經到了，接著便掛斷了電話。媽媽的聲音聽起來似乎跟平常沒兩樣，但我感覺得出來她心裡其實很害怕。

——不是說這個手術很安全嗎？

我問姊姊。

——這個手術的生存率超過百分之九十，相較之下自然不是什麼太危險的手術。

姊姊回答。

這樣的機率代表十個人之中會死一個人，只有九個人能活下來，聽起來似乎也不是那麼安全。

——就算把我過去用槍殺死的人和未來要殺的人全加起來，也不到在我的手術後死去的人數的十分之一。

姊姊說道。

雖然說醫院是救命的地方，但它同時也是奪走最多人命的地方。

某一天，我們班上的那個籃球隊隊員唸了一則麥可．喬丹的採訪報導給我聽。

——我投籃失敗了，接著又失敗，接著再度失敗，這正是我成為本賽季NBA得分王的理由。

投籃的英文是Shoot。

Shoot、手術。Shoot、Shoot、Shoot、手術、手術、手術。

Shoot跟手術有些相似之處，不管是發音還是其他方面都是。

星星——傳人們

被我們稱作是「常客」的委託人通常都會交給爺爺負責。畢竟我不認識他們，他們大概也不信任我的能力。雖然光靠金錢和權力無法讓我們出動，但有時候這些委託人們的利害關係會正好與我們的目的達成一致。像是掌權的人必然希望國家能發展得更好，有錢人則會希望國家的經濟不斷成長。

珍妮的任務大部分都跟國外情報機構有關，加上她最近為了照顧媽媽必須頻繁地往返醫院，所以暫時不會派任務給她。

我將電子信箱和郵局郵政信箱裡的委託信全都讀了一遍。其實委託信的量沒有我想像中那麼多，不過這樣的情況似乎也很合理。畢竟殺手無法大張旗鼓地發傳單宣傳，只能透過某些管道，偷偷地讓人們知道我們的存在。又或者殺手其實原本就不是被動地接受委託辦事，而是主動接近那些有需要的人，想辦法讓他們寄出委託信而已。

我不清楚Mother之前是怎麼做的，如果照我的方式，就是先把所有委託信件都讀過一遍，接著將很明顯是惡作劇的信件和廣告挑掉。這天，有一封委託信吸引了我的注意力，那是一封寄到郵局郵政信箱的手寫信。我原本以為又是封惡作劇信件，但從那封信的字跡看得出寄件人是拿著軟毛筆一筆一畫用心寫下的，這讓我無法輕易放下那封信，默默地就將委託的內容讀完了。

——我們夫妻倆原本開了一家店，去年把店收起來後就搬到了幽靜的鄉下生活。過去因為太拚命工作，從來沒有好好休息過，所以才想搬到一個空氣好、水質也好的地方，安安靜靜地度過餘生。我們住的地方是一個山腳下的小村莊，那邊的道路甚至都沒鋪上柏油。居住在這個小村莊的人總共有二十三人，大部分的居民都是老人家。雖然不是完全沒有任何交流，但這邊的人不太在乎其他人過得怎麼樣，都是靜靜地過著自己的生活。

不過就在幾個月前，有一名父親帶著女兒搬進了我們家隔壁的空房子裡。那名鄰居的女兒看起來大概是小學生的年紀，但她並沒有去上學，整天黏在她爸爸身邊。因為這個村莊裡沒有年輕人，所以這對父女看起來就特別顯眼。除此之外，他們家周圍還設置了許多我們從來沒看過的機器，裡頭也總是傳來唓唧哐唧的施工聲，這樣的噪音會持續一整天。我們曾經因為噪音太大，去對方家抗議過幾次，但對方每次的回答都是快結束了，要我們再等等。

某天深夜，他們家又傳來震耳欲聾的聲響，大聲到感覺地都要被掀起來了。因為實在是氣不過，我們立刻下床去找對方理論。但我們夫妻倆卻在他們新建的倉庫裡看見了太空船，我們兩個人都看得非常清楚，絕對不是眼花。

那對父女總是用我們聽不懂的話交談，三不五時就凝視著夜空。還不只這樣，他們家時不時還會傳出爆炸聲，射出雷擊般的光線。幾天前，我們聽見了一種像是刮鐵片的聲音，下一秒，我們家裡的玻璃杯就出現了裂痕。我很肯定他們一定是在謀劃一些非常危險的事情。

我還記得小時候姑姑曾經說過，如果遇到什麼可能會危害到生命的重大事件，就寫信到這個郵政信箱求助，我現在也只能抱著姑且一試的心情試著寄出這封信了。

總歸一句，委託人懷疑自家隔壁住著外星人，所以想拜託我們幫他殺了他的鄰居。

——你還真的相信他說的話啊？這孩子果然還是太嫩了。

當我說想要去確認委託內容真偽的時候，翁心是這麼回答我的。

——我們的工作不包括殺外星人。

密涅瓦說道。

——但還是可以去確認看看吧？

我回話。

小鬼對這件事倒是很有興趣，她打算跟我一起去當地看看。畢竟挖掘化石也跟考古學息息相關。

我原本想坐車去，但小鬼牽出了她的摩托車。小鬼喜歡速度和爆炸，可惜這兩種我都不愛。我閉上眼睛坐在後座，希望能快點抵達目的地。途中我並沒有打瞌睡，畢竟在疾馳的摩托車上睡著就跟自殺沒有兩樣。

我們出發的時間原本就比較晚，加上沿途的路也不是太好走，所以當我們抵達委託人所居住的村莊時，已經是晚上九點多了。

我們到了之後，便先去確認委託人的身分。那對夫妻剛用完晚餐正在喝茶，接著兩人似乎因為要看什麼節目起了一點爭執。後來妻子待在客廳裡看電視劇，丈夫則是走到室外，用手機看著棒球比賽的轉播。他們兩個人看起來都不像是會寫惡作劇信件的人。

這時候，攻擊目標所在的房子傳來了聲響，那聲音聽起來就像是有人手裡拿著錘子，試圖把巨大的釘子釘入岩石裡一樣，雖然這有可能只是錯覺，但我總覺得地面似乎微微地在搖動。正在看棒球比賽轉播的丈夫一邊咒罵著一邊跑進家裡頭，原本在看電視劇的妻子也顯得很焦躁，立刻關上了家裡的窗戶。

委託人的家比目標的家還要來得高一些，這讓我們能從高處觀察整間房子，那家人的庭院裡足足有十五架直徑大約十五公尺的電波望遠鏡，電波望遠鏡周圍有些長得像太陽能集熱板的寬大板子，還有一些直立的柱子，但看不出是做什麼用的。耳邊仍然聽得見非常有規律的捶打聲，聲音似乎是從庭院另一邊的倉庫裡傳來的。

小鬼和我在山路裡繞啊繞的，終於找到一個能夠俯瞰整個倉庫的地方。正當我拿出望遠鏡想看得更仔細些時，突然有一隻手從我身後伸了過來，抓住了我的肩膀。我下意識地伸出手試圖扭斷對方的手臂，但抓住我肩膀的手已經消失無蹤了。

我身後約一公尺處，那隻手的主人就站在那，打開了手電筒。因為手電筒的光向著地面，所以我並未感到刺眼。

——我不是故意要嚇你們的。

那隻手的主人說道。我一眼就認出他就是委託人所說的那個男人。眼睛稍微適應光線之後，我看見了在男人背後睡著的小女孩。我不禁背脊發涼，因為就連叔叔那麼厲害的人，都不可能在不驚醒背上沉睡小孩的狀態下躲開我的關節技。不過最讓人毛骨悚然的是這個男人居然能在毫無聲息的狀況下來到我們背後。經驗還不足的我也就算了，但從來沒有人有辦法像這樣躲在小鬼背後。小鬼似乎也跟我一樣感受到了危險，不知不覺中，她已經將領巾撕成片狀握在手上了。

小鬼咳了三聲，這是告知身旁的人會有生命危險，暗示對方快逃跑的信號。只要我移開身體，小鬼就會將炸彈朝那個男人身上丟去，但我伸出手制止了小鬼，接著往前走了一步。

——你是外星人嗎？

我開口問道。

——如果那指的是你們世界以外的存在的話，應該是那樣沒錯，我們似乎生活在完全不同的世界。

外星人回答，接著又說他怕女兒會感冒，請我們移動到室內說話。外星人帶我們進到他的倉庫裡，裡頭果然有委託人們先前看見的太空船。該怎麼形容太空船的模樣呢？真要說的話，大概就是一個幾何學矛盾的集合體吧！

——你在這裡做什麼？

我問道。

——我在研究太空船。

外星人回答。

——你說這個嗎？

我又開口問。

——不是，這個只是模型而已。我在研究的是從宇宙飛往地球的粒子們。

外星人回答。

——那你為什麼要研究那個呢？

我繼續追問。

——因為我想找到某些東西。比起這個，你們為什麼會來我家呢？

外星人反問。

——我們是受人之託才會來這的，你為鄰居們帶來不少困擾。

我回答。

——哪方面的困擾？

外星人問道。

——聲音、光線、庭院裡的機器，還有這個太空船模型都讓他們很害怕。

你有考慮過搬家嗎？

我問外星人。

——我不知道他們會因此感到害怕，我會好好考慮的。

外星人說道。

外星人為我們倒了些紅茶，我從來沒有嘗過那樣的味道，既美味又溫暖。

離開外星人家之前，我又跟他聊了幾句。

——人類真的沒辦法和外星人成為鄰居嗎？

我問道。

——如果地球附近的星球住著外星人的話，那麼他們早就已經是鄰居了，只不過是對彼此不太了解而已。

外星人回答。

——你覺得「人不殺人的世界」是有辦法被打造出來的嗎？

我再問。

——殺到這世界只剩下一個人的時候就有可能，只不過到時候的世界將會變得十分渺小。

外星人回答。

一走出外星人家，小鬼就跟逃亡似地飆著她的摩托車。我們在附近找了一間民宿住下後，小鬼立刻向密涅瓦請求支援。

我一邊泡澡一邊回想著方才和外星人的相遇，那個男人真的是外星人嗎？只有人類的世界就這麼糟了，如果再加上外星人，這世界會變成什麼樣子呢？到時候是要和外星人對立，還是要共存呢？黑格爾並沒有提到任何關於外星人的事，但我想他應該會很樂於見到外星人吧！因為產生共同的他者這件事，說不定能讓人類們暫時成為一個共同體。我在泡澡時不小心睡著了，當我再次睜開眼睛時，我人已經躺在床上了。但我完全不記得是我自己在半夢半醒間爬上床的，還是小鬼把我弄上床的。

大約是在中午的時候，密涅瓦開著保母車抵達了我們下榻的民宿。保母車裡裝了一堆小鬼要他幫忙帶來的各式武器，裡面有手榴彈、流彈發射器、闊刀地雷、反坦克火箭炮……車身下方還裝上了地獄火飛彈。小鬼身穿無袖上衣，腳踩沒有鞋帶的鞋子，我第一次看到小鬼打扮成這樣，她已經完全進入戰鬥模式了。

——這是我這輩子遇過最危險的物種。

小鬼說道。

——所以已經決定要殺掉他了嗎？

密涅瓦提出疑問。

——還不知道，我想再去確認一下。

我回答。

在前往外星人家的路上，小鬼還要一邊埋下各種炸彈，一路上花了不少時間，所以當我們再次來到外星人家時，太陽已經快下山了，而那裡的東西也早就消失得無影無蹤。電波望遠鏡、倉庫和外星人的家都已經不復存在，我們眼前只剩下一塊空蕩蕩的地。

——真的是這裡嗎？你們是不是記錯地方了？

密涅瓦問道。

小鬼和我緩緩地點了點頭表示沒找錯地方。委託人的家還在那，所以一定是這裡沒錯。倉庫原本在的位置多出了一個籃球大小的黑洞，我們試著丟了一顆石頭進去，過了許久都沒聽見石頭碰地的聲音。

——既然搬走了就沒事啦！

密涅瓦說道。

小鬼只好轉身去拆除埋在四周的炸彈和地雷。

幾天後，委託人又寄了一封信來。

——感謝你拯救了全人類。

我其實不知道在這次的任務中，我是救了人類，還是讓人類陷入了危險之中。我為此次的委託作了一個總結。

鄰里間的糾紛。

#我的——夢想——就是——養隻貓

您有一封新郵件。

——請殺了我的叔叔，我想要養貓。

委託信的開頭寫著這樣一句話，我為了搞清楚貓和委託人叔叔之間的關聯性，把整封電子郵件都讀完了。

委託人是一名休學中的大學生，她原本住在西海的一座小島上，從高中開始便到位於首爾的奶奶家住，開始了「留學」生活，委託人的父母一直都很希望她能離開小島。雖然說是到奶奶家住，但因為奶奶人住在療養院，實際上住在那個家的就只有委託人和她的叔叔兩個人。委託人的叔叔其實是奶奶再婚後生下的兒子，所以兩人的姓氏不同，年紀也只差了十四歲。委託人每天不是上學就是去補習，加上她的叔叔很少回家。兩人幾乎不會碰到面。

委託人最後如父母所願考上了首爾的大學後，她的奶奶也在療養院過世了。

奶奶臨終前留下了遺言，要叔叔照顧委託人到她大學畢業，同時將房子和所有的財產都留給了叔叔。

委託人心中有個小小的願望，那就是養貓。奶奶去世之後，委託人便開始打工，只為了能領養一隻貓。但在委託人拿到她打工的第一筆薪水前，叔叔就把房子給賣了。

——我想要養貓。

她對叔叔說。

——有很多人現在連住的地方都沒有，我沒有辦法坐視不管。

叔叔說道。

委託人的叔叔是一名社運人士，他會為了替那些被拖欠工資的勞工們討公道一起進行高空示威，會為無法接受醫療照護的外國人們鬥爭，還會為了拿回美軍非法占領的私有土地提起訴訟。

房子賣掉後，委託人不得不住進學校的宿舍。住在宿舍的那段日子，委託人靠著家教、餐廳打工和勤學獎學金存錢，她打算存夠錢後到外面自己租房子住，這樣就可以完成養貓的夢想了。在大二下學期結束的時候，她已經存到了足夠的錢了。正當她開始尋找合適的租屋處時，接到了叔叔的電話。叔叔告訴她因為現在有急需幫助的人，所以之後沒辦法再替她付學費了。當時她的叔叔正在某個社會團體工作，他們的主要訴求是縮短勞動時間，以及解決身心障礙人士和性少數者所面對的不平等問題。委託人曾經在某場辯論會上看見叔叔激動地發表言論的樣子。

——這些都是為了讓我們的社會能永續發展必須付出的努力。

叔叔說道。

——既然這個社會問題這麼多，有什麼好繼續維繫的？我的夢想不過就是養隻貓而已。

委託人回道。

現在的她已經是個大四生了。雖然學分都已經修完了，但因為還找不到工作，處於休學的狀態。她依舊做著家教和餐廳服務生的工作，週末還要到便利商店打工，依然還沒完成領養貓的夢想。

委託信的最後一段是這樣寫的。

——叔叔說日本有一句諺語「艱難困苦的環境能將你琢磨成玉石」。我找了一下，發現全世界幾乎所有國家都有類似的話。愛迪生那句「天才是百分之一的天分加上百分之九十九的努力」也是差不多的道理。對我來說，這些話都是胡說八道，苦難只會讓人生病，只要努力就能成功的世界很久以前就結束了。我只是想養隻貓而已，既然這個社會終究會滅亡，我希望那天能早日到來。

我將整封信讀完後，還是不懂養貓跟叔叔之間的關聯性，不過我倒是滿認同她的某些想法的。如果這個社會的問題早已堆積如山，比起一個個改正問題，維繫這個搖搖欲墜的社會，整個消滅再重新來過說不定會更好。

我最後決定拒絕這個委託，但我還是從執行任務的經費中撥了一點錢給那名委託人，讓她能租一間自己的房子，完成養貓的夢想。

此次的委託的總結如下。

寵物飼養矛盾。

#詩人與農夫

有名叫姜赫的詩人請我們幫忙殺掉某位評論家，他沒有寫上想殺評論家的理由，只留下了一個能連進線上聊天室的 QR Code。

我在他指定的時間進入了聊天室。

：原來這是真的。

姜赫說道。

：我希望你不是來惡作劇的。

我回道。

：當然不是，我是認真的。如果今天沒有任何人進來這個聊天室，我就會自己動手，我連鹽酸和汽油都買好了。

姜赫又說。

：你為什麼想殺那個人呢？

我問姜赫。

：因為他在種田。

姜赫回答。

：種田會構成什麼問題嗎？

我又問。

：問題出在他只種馬鈴薯，就算田裡頭長出了人參跟魚腥草，他也會把那些農作物全都連根拔起。原因只有一個，因為它們不是馬鈴薯。

姜赫說道。

種田的時候，除了預計要種植的農作物之外，田裡所有的物種都必須消滅。有部分的人甚至認為使地球上百分之九十的生命體走向滅絕的就是農夫。每個人看事情的觀點不同，所以種田這件事可能會引來譴責，但不可否認的是我們的社會之所以能夠持續發展，有如今的繁榮光景也是因為農業。

：那個人為什麼只種馬鈴薯呢？

我問姜赫。

：因為馬鈴薯符合倫理規範。

姜赫回答。

：種田的人那麼多，你為什麼指定要殺那個人呢？

我又問道。

：因為那個人是農夫們的代表，也是他們之中能得到最多好處的人。

姜赫說道。

：我必須要先跟其他人討論一下，因為我實在無法決定要不要接下這個委託。

我這麼告訴姜赫。

：我等你的好消息。現在不殺了那個人，我們就只能寫一些像《論語》和《塔木德》類型的詩了。

姜赫補充道。

我離開了線上聊天室。

跟水稻和小麥相比，馬鈴薯不僅種植時間短、容易種植，收成的量也很多。馬鈴薯非常好消化，同時還富含維他命C、胺基酸和蛋白質等多種營養素。馬鈴薯是一種非常好的農作物，但只種植馬鈴薯就很有問題了。

我跟家人們分享了剛才跟姜赫聊到的事情，並向他們徵求意見。

爺爺說絕對不能殺掉種馬鈴薯的人，因為這樣他就吃不到他最愛的馬鈴薯丸子刀削麵了。

奶奶說換作是她會把整個馬鈴薯田都炸毀。

哥哥說如果那個人是在培養品質良好的馬鈴薯，就沒必要殺了他。

姊姊說讓詩人無法隨心所欲寫詩的人都該死。

我無法輕易地作出決定。家裡每個人給的意見都不同，但其實我心裡也同樣陷入了兩難。我稍微調查了一下那名評論家，幸運的是他恰巧是一位十分知名的人，只要在網路上稍作搜尋就能找到一堆資料，該名評論家在各種媒體上發表了不少文章，也接受過很多採訪。

評論家對所有馬鈴薯都讚不絕口，對美國進口的馬鈴薯更是不吝溢美之詞。不過評論家對馬鈴薯的評價經常讓人感到有些浮誇，例如吃下馬鈴薯後看見了天使，或是怎麼可能有人能不愛馬鈴薯等形容。正如姜赫所言，該評論家的一言一行中都有馬鈴薯。他是一名種植馬鈴薯、為馬鈴薯而生、全心全意只為馬鈴薯著想的農夫。他的田裡除了馬鈴薯，什麼都沒有。

我煩惱了許久，最後還是決定接受姜赫的委託。畢竟我們的原則是站在能犧牲比較少人的那一方，以這個原則作為標準時，接下這個委託就成了一件理所當然的事。假如我們拒絕接受這個委託，詩人就會自己去找評論家。想用鹽酸和汽油取人性命，對從未殺過人的詩人來說比登天還難，到最後只會帶來不必要的痛苦而已。就算這次失敗了，未來也很有可能會有另一名詩人盯上評論家，試圖用刀子或十字弓殺了他。

——在殺死他之前一定要記得說這句話：「不是只有你們認為好的東西才有價值。」

我再次進入聊天室，告知姜赫我們決定接受他的委託後，他便交代了這句話。但也因為他最後的這個請求，事情變得有些麻煩。為了要替詩人傳達那句話，我們無法直接殺死評論家，而是必須先綁架他。

評論家住在光州，定期會往返首爾。在密涅瓦的幫助之下，我偽裝成一名警察，成功地在火車站的入口處逮捕了評論家。

——你們有拘捕令嗎？

評論家從容不迫地回答。我們拿出了密涅瓦偽造的拘捕令，拘捕令上列出的拘捕理由有特殊傷害罪、教唆及幫助自殺罪。雖然拘捕令是假的，但內容卻是事實。

——快放開我！這一定是有什麼誤會！我可是「學習悲傷的悲傷」啊！

看見拘捕令的同時，評論家的雙臂也被我們抓住了。在銬上手銬的瞬間，評論家才真的意識到大事不妙，隨即激動地大喊。

——學習是一件好事，但因為你而感到悲傷的人好像不少呢！

我對評論家說道。

評論家上車後不停地嚷嚷著要我們幫他叫律師過來，還要求打電話。因為實在太吵了，我們只好用催眠瓦斯迷昏他。

我把評論家關在了預計要拆除的圖書館裡。因為沒有時間改造整棟圖書館，我只能在二樓文學圖書室的門窗上加裝鐵窗，並將裡面的東西清空。現在裡頭只有三箱二十公斤重的馬鈴薯、一百五十罐兩公升的礦泉水、鍋子、卡式爐、一張書桌和一個書櫃。書櫃裡放著評論家過去顧著種植馬鈴薯時，認為會對馬鈴薯產生危害而剷除的書，還有一些在還是幼苗時就被連根拔起，沒有機會出版的作品們。掛在天花板上的擴音器每隔一小時就會播放相同的內容。

「不是只有你們認為好的東西才有價值。」

現在評論家只能吃著馬鈴薯，不斷地聽著這句話。書櫃上還有委託人寫的詩，不過要不要拿起來讀就是評論家個人的選擇了。

——就不能一槍斃了他嗎？

珍妮問。

——我想給他一個機會。

我回答。

評論家就這樣在圖書館裡度過了一個月，他用卡式爐燒熱水，吃水煮馬鈴薯維生，讀了放在書櫃裡的作品。評論家偶爾還會做伏地挺身和不知道從哪學來的體操，但他不曾開口說過一句話。評論家煮馬鈴薯的時候都會盯著時鐘，有一天煮了二十二分鐘，另一天煮了三十分鐘，還有一天足足煮了一小時，他甚至還會每天調整鍋子裡的水量。兩個星期後，評論家不再作調整，每次都放同樣的水量，煮的時間也一樣久。看來他之前是在測試馬鈴薯要怎麼煮才最合自己的口味。

評論家被囚禁滿一個月的那天，我從姊姊那得知了媽媽要出院的消息，媽媽的主治醫生做了一個非常成功的Shoot。我決定不殺評論家了，說不定過去的他只是不知道這個世界上除了馬鈴薯，還有很多其他的東西而已。我匿名撥了通報案電話，告訴對方評論家被困在圖書館內。

——請給我一點鹽巴。

我竊聽了緊急救援隊的無線電，裡頭的人說評論家獲救後一直重複說著這句話。

媽媽才剛出院回到家，就巡視著廚房和家裡的各個角落。

——家裡簡直是一團亂啊！

媽媽說道。其實在我看來根本沒有任何差別，不過在媽媽眼裡顯得凌亂不堪。

——一個人都沒殺啊？錢倒是白白花掉不少。說說看吧！這陣子你學到了什麼？

媽媽一邊看著我整理的委託資料，一邊開口問。

——就……很多東西。

我回答。

我代替媽媽扮演 Mother 這個角色一個月後，領悟到了一件事。如果沒有真實的目標，殺手也要自己創造一個假想的目標，並將其殺死。唯有這麼做，才能夠克服這世界的矛盾。

#救救我

媽媽才剛出院沒多久，珍妮就立刻飛往中東，處理已經耽擱許久的任務。數不清的屍體在經過數百萬年高溫和壓力的摧殘後成了化石燃料，中東地區是死亡洪流之上的土地，戰爭不斷。珍妮這次的任務不是阻止戰爭發生，而是將戰爭的規模縮小。

這天，當我正在考世界史的考試時，手腕上的錶突然閃了三次燈，接著是三次伴隨著警報聲的震動，這是通知我們家族中有人陷入緊急情況的信號。這只錶我已經戴了超過十五年了，從來沒有震動過。目前在執行任務的只有珍妮一個人，我放棄了考試立刻跑回家。

家中的成員全都聚集在了一起，爺爺把餐廳關了，哥哥從審判中跑了回來，多映則站在他旁邊。奶奶化石才挖掘到一半就回家了，叔叔取消了前往南極的行程，媽媽已經將出國要帶的裝備和行李都準備得差不多了。

——小叔這是打算重操舊業了嗎？

媽媽問叔叔。

——我只是去救我的姪女而已，哥也會希望我這麼做的。

叔叔回答。

爺爺不悅地「嘖」了一聲。

但現在是緊急情況，我們已經沒有時間在這拌嘴了。我們一家人立刻動身飛往了中東。

我們出國的隔天，外交部聯絡了我們，又過了幾個小時後，新聞上也開始報導這個消息。

伊斯蘭的武裝組織攻擊了國際醫療志工團，造成十七人死亡。此外，失蹤和被綁架的人數也高達八十一人。

死亡名單裡面並沒有姊姊的名字，就算是手無寸鐵的狀態，珍妮也不會這麼輕易就被殺。

因為在機場搭機的時候要通過安檢，所以我們身上都只有一些基本裝備。一找到落腳處，翁心就立刻去了一趟傳統市場，他買了一堆我從來沒看過的草和動物，接著又撿來岩石開始製毒。小鬼透過黑市購買需要的武器，密涅瓦則在當地的政府和外交部之間來來回回地蒐集著情報。叔叔給了我用金屬纖維做成的袖套和手套，他告訴我這能抵擋刀劍的攻擊，如果角度抓對了，還能夠將子彈反彈出去。多映不停地進行水脈占卜，地圖換了一張又一張。Mother 則是成天望著窗外無邊無際的沙漠。

網路上出現了一名醫生和護士被公開處決的影片，該武裝組織提出了三個要求，金錢、同夥的釋放和美軍的撤退。這三個要求有可能真的都是他們想要的，但也有可能三者中只有一個是他們真正的目的。又或者三個要求都只是說說而已，他們真正想要做的是殺光人質，讓所有人陷入恐慌之中。

——感覺她一直在移動，這範圍實在太廣了，所以只能知道大概的方向而已。但這個方向也不一定準確，因為這片土地上的怨念實在太強大了。

多映說道。

——妳先不要找珍妮，換找那個武裝組織的駐紮地試試。只要將他們的老巢一一擊破，總會找到珍妮的，真的找不到再抓他們的人逼問也行。

Mother 說道。

綜合水脈占卜的結果、密涅瓦蒐集的情報、小鬼在黑市裡聽見的傳聞，我們鎖定了該武裝組織的三個大本營。珍妮已經被綁架超過一百二十小時了，此時搜救的速度成了珍妮是否能活命的關鍵。

我們兵分三路同時攻擊這三個地方。翁心和 Mother 一組，密涅瓦和小鬼一組，叔叔和我一組，多映則是留在住處負責指揮和聯絡大家。

當公公和媳婦攜手對抗敵人時，不用二十分鐘就能滅掉一個伊斯蘭武裝組織的基地。他們合作的方式非常簡單，Mother 把翁心製的毒塗在暗器上射向敵人。當翁心把毒使用在食物以外的地方時，其威力是最強大的。只要吸一口氣，或是碰到皮膚就會立刻死亡的毒就多達數十種。Mother 為了問出珍妮的所在位置，饒了他們之中穿著最華麗的人，和看起來年紀最大的人一命。

同樣是攻擊敵人的大本營，但奶奶和孫子這組人卻花了一個多小時的時間。原本他們的策略是讓小鬼在外面用爆炸聲引誘敵人，讓他們在逃跑時掉進密涅瓦設下的陷阱裡。但有一部分的人待在基地裡靜坐示威，說什麼就是不出來，拖了不少時間。

叔叔和姪子的組合則花了最長的時間，總共用了兩小時又十二分鐘才制伏所有敵人。一方面是因為叔叔不願意殺人，所以只能用把人打暈的方式制伏對方，另一方面則是因為我根本幫不上什麼忙。要悄悄接近手拿自動步槍的人，還要掐住對方的脖子對我來說還是太難了。就算用上黑格爾的合氣道，可能還是做不到。

——逃跑。

如果問黑格爾要怎麼在赤手空拳的狀態下和持槍的人作戰，他大概會給出這個答案吧！

我們本來的計畫是各自審問自己抓到的人質，好掌握珍妮的所在位置。但因為 Mother 馬上就問出來了，所以我和叔叔並沒有對他們進行審問。聽多映說 Mother 只用五百韓元的硬幣，就在十分鐘內問出了地點，我壓根不想去想像她用了什麼樣的方式。

我們在集合地點會合，接著一起前往 Mother 打聽到的地下秘密基地。講出地下秘密基地所在位置的人說那個地方很難找，但我們從十公里外就能一眼看出秘密基地在哪。那個地下秘密基地周圍不停地冒著煙，時不時還會聽到爆炸聲。抵達後我們立刻走了進去。

秘密基地裡充滿了戰鬥的痕跡，牆壁和天花板上處處是彈痕，地板上的血液早已乾涸。除此之外，無論是房間還是通道，四處都是倒得歪七扭八的屍體。

——美軍已經來過這了嗎？

小鬼有些困惑。

——美軍並不打算插手這次的事件，因為人質中沒有美國人。更何況他們也不可能像這樣把屍體丟在這就直接撤退。

密涅瓦說道。

——大概已經死了六到八小時了。

翁心仔細地觀察了屍體的傷口、脖子和眼睛後得出結論。但按照這個基地的大小來看，屍體的數量少得有些可疑。

我們一行人開始分頭搜索，但同時也不能放鬆警惕，畢竟基地裡頭說不定還有生存者，加上我們也無法保證攻擊基地的人是跟我們站在同一陣線的。最糟糕的情況下，說不定攻擊基地的人在離開前還在這裡放置了爆裂物。

我和叔叔負責搜索秘密基地的西側，有很多房間堆著滿滿的毛毯和罐頭，看起來像是他們存放東西的倉庫，裡頭沒有屍體，也沒有戰鬥的痕跡。最後一間房間比其他間來得大一些，就連門都是鐵質的，十分堅固。正當我要打開門時，叔叔示意我停下動作，接著便將耳朵貼在門上聽著裡面的動靜。我學叔叔將耳朵貼到門上，依稀能聽見裡面傳來微弱的哀號聲，我用無線電呼叫其他人前來集合。

叔叔用手臂護著頭部，壓低身子打開了門，接著他便定在了原地。

——你最好不要進來。

叔叔說道。

我沒把叔叔的話聽進去，逕自地往裡面走。下一秒，我停在叔叔身旁，無法動彈。不一會兒，其他家人們也都到了，每個人都像被按下暫停鍵一樣，站在原地看著眼前的景象。

那裡頭充滿了血液和藥品的味道，裡面的人正好跟新聞上被綁架的人數一樣多。每個人都赤身裸體，身上的傷口看不出究竟是動了手術還是遭受了拷問。所有人的手指頭和腳趾頭都被切斷，傷口被用烙鐵燙過，止住了血液。從散落在地上的殘骸來看，下手的人為了讓人質受到極大的痛苦，似乎是一節一節地將手指頭切斷的。裡頭還有好幾具被開膛破肚的屍體，他們的內臟整個露在外頭，我看到一些從未見過的蟲子正在啃噬屍體的內臟。有些人接受了不知目的為何的「手術」，有些人的耳朵和生殖器被切下和嘴巴縫在一起，有些人的眼球被挖了出來，裡面塞了舌頭和睪丸，還有人的脊椎被硬生生拔斷，強行插入了肛門裡。三分之二的人已經死亡，剩餘的人則還活著。現場看起來就像是某些崇拜魔鬼的狂熱信徒在那裡進行了邪惡的召喚儀式一樣。

——嘔……

我們之中有人發出了這個聲音，接著吐出了口中的唾沫。就連對屍體和死亡再熟悉不過的我們都這樣了，要換作是其他人看到這樣的景象，說不定會立刻嚇得暈過去。

——他們究竟想從這些人口中問出什麼呢？

Mother有些疑惑。

——如果是想逼問什麼，就不會把他們的舌頭切斷，還把嘴巴縫上了。

密涅瓦說道。

——是珍妮做的嗎？

我問。

——不知道。就連是一個人做的，還是所有人一起做的都不得而知。不是說被綁架的這些人都是醫生和護士嗎？

翁心說道。

我和某個只剩一隻眼睛的男人對到了眼，他的手腳被扭斷插在肚子上，痛苦地呼吸著。那個男人無法說話，就算他真的能開口說話，我也聽不懂外語。但我在和他對到眼的那瞬間，就知道他想說什麼了。

——殺了我。

我擺好姿勢，準備用手刀給他一個痛快，但小鬼攔住了我，她似乎已經在這裡頭設置了炸彈。

在回住處的車上，小鬼按下了手上的按鈕。我聽見背後傳來了爆炸聲，還能感受到爆炸的熱氣。如果剩下的人骨成為了化石，我們的後代發現這些骨頭時會怎麼想呢？

後來我們接到消息，珍妮在靠著自己的力量逃跑後，便待在大使館安排的住處。那附近有軍人站崗，門前還站著國家情報院的要員們。

——妳應該要先聯絡我們才對。

Mother 說道。

——沿路都是沙漠，我根本沒辦法聯絡任何人。

珍妮回答。

媽媽什麼也沒問，爺爺、奶奶和哥哥也是一樣。姊姊說她很累，總是睡個不停，睡醒了就會去沖澡，一洗就是兩個小時。沙漠裡水很珍貴，屆時應該要付不少住宿費。

媽媽開始收拾東西準備回家。

爺爺的膝蓋和腰都有神經痛的問題，只要爺爺晚上說膝蓋和腰在痛，隔天就一定會下雨。痛得越厲害，雨就下得越大。

——看來明天又要下雨了，還會是場大豪雨。

爺爺一邊敲著膝蓋和腰一邊說。

——可是爺爺，這裡是沙漠……

我一邊說，一邊幫爺爺按摩肩膀。

隔天，當地下了一場時隔一百二十年的暴雨。如果我是這個國家的國王的話，我一定會想盡辦法讓爺爺在這裡住下，就算要我把地底下一半的石油都送給他也心甘情願。突如其來的大豪雨導致當地機場癱瘓，所以我們回國的時間也比原本預計的晚了兩天。姊姊在回國的飛機上也一直在睡覺，我在旁邊看著媽媽為這次的任務寫下了總結。

海外旅行的危險性。

吻

——沒有能夠消除記憶的毒藥嗎？

珍妮問道。

——如果真的有那種東西就不會叫毒藥了，說它是靈藥會更貼切一些。

翁心回答。

記憶無法靠毒藥或靈藥消除，只能用別的記憶來覆蓋它並將其抹去。而這樣的機會比想像中還要快到來。

這次的委託人是南桑，委託內容是要我們殺了他。雖然內戰已經結束了，但納達境內還是十分動盪不安，每天都在處決獨裁政權的餘黨和提供他們幫助的相關人士。納達國民想要復仇，而嗜血只會引起更多的血腥。

——我現在殺的人比我在戰爭時殺的人還要多，我已經一句詩都寫不出來了。我曾經以為困住我的是獨裁者，但其實不然，困住我的其實是權力。我現在才知道無論在位的人是誰，都不會有任何改變。

這是南桑委託信裡的內容。

——妳想怎麼做？

Mother 問道。

——我親自去吧！

珍妮回答。

綁架事件才剛落幕，回國才一星期的珍妮又再次飛往國外了。

珍妮這次用了跟過去不同的方法。她事先把槍枝架好，打算透過遠端控制進行射擊。珍妮仔細地計算了南桑的身高和步伐，接著選定了五個狙擊地點。她拿帽子作為目標，做了數十次的試射，雖然有點擔心風向，但畢竟距離不是非常遠，只要不颳太大的風就不會射偏。狙擊地點是距離總統宮殿不遠處的公園，現在只要將南桑引誘到那個地方就可以了。

珍妮明目張膽地走到宮殿的正門，要求與南桑見面。不曉得珍妮那時候是怎麼介紹自己的。珍妮會直接說你們的總統曾經跟我求過婚，但被我拒絕了嗎？還是會說自己是南桑的救命恩人呢？

南桑聽見來人後欣然地答應與珍妮見面，甚至還為了親自迎接珍妮，延後了一場重要的會議。

——你曾經說過要打造一個不管人們寫了什麼樣的詩，都不用受牢獄之災的國家，你做到了嗎？

簡單地問候對方後，珍妮開口問道。

——妳這是在指責我對吧？說來也慚愧，現在這裡已經成了一個沒有人寫詩的國家了，但我相信那樣的國家總有一天會出現的。

南桑回答。

——要不要散散步？

珍妮問道。南桑點了點頭。

珍妮輕輕鬆鬆就把南桑帶到了狙擊地點。雖然珍妮和南桑周圍有一群護衛，但他們其實都保持了一點距離，站在聽不到兩人對話的地方。現在只要在正確的位置上，想辦法讓南桑無法移動，再按下射擊按鈕就大功告成了。

——你現在還想跟我結婚嗎？

珍妮拿出當時南桑給她的軍牌項鍊問道。

——想跟妳結婚的話絕不是戲言，只不過現在似乎已經太遲了。

南桑回答道。

——但還是要聽聽我的回答吧？這就是我的答覆。

珍妮的話音剛落，便伸手將南桑往自己的方向拉，接著吻上他的唇。珍妮讓南桑的後腦勺和早已調整好角度的槍枝位在同一條直線上，她一邊吻著南桑一邊將手伸進口袋，按下射擊按鈕。

——百變怪。

珍妮張口唸道。

南桑倒地。

不久後，當時在現場的其中一名護衛接受了英國報社的採訪。那名護衛說南桑在被射飛半顆頭倒地之後，舌頭還是動個不停。

——那是妳的初吻嗎？

我問珍妮。

但珍妮並沒有回答。

＃聖母領報

珍妮懷孕了。

——我從來沒跟男人上過床。

珍妮說道。

——小姑說的是真的。

明明沒有人拜託她，多映卻急忙地進行了水脈占卜，想替珍妮作證。但就算她沒有這麼做，我們之中也不會有人懷疑珍妮說謊。

珍妮從來沒跟男人上過床。

但她懷孕了。

看來我成了耶穌的舅舅。

但耶穌是否能夠平安出生還是個未知數。

畢竟這是個比起和平更需要鬥爭，比起耶穌，更需要殺手的世界。

#世界精神

爺爺和奶奶宣布他們要退休了。

——我從老么這個年紀開始當殺手，現在的世界似乎變得比過去更好一些了。

爺爺說道。

我心裡不禁想，如果現在這還能稱作是「變得更好一些」的世界，那以前到底有多糟啊！

——所以翁心到底是誰？

奶奶問爺爺。

——我的任務代號之所以叫翁心，單純是因為這和我第一次下毒的食物發音很像而已。當時我的目標是一名書生，因為我的技術還不熟練，那名書生肯定一吃就發現食物的味道不對，但他還是一聲不吭地全吃完了。我到現在還是不知道他那麼做的理由。

爺爺說道。
那天是我第一次聽到別人第一次殺人時的故事，聽起來實在是太悲傷了。
——別再撒謊了，翁心其實是初戀的名字對吧？
奶奶逼問爺爺。
——哎呀！就跟妳說過不是啦！
爺爺回答。
看來要到離開人世那天，爺爺奶奶才會停止為這件事鬥嘴吧？
爺爺和奶奶親自挑選了他們退休之前的最後一個任務。這個任務是他們這一個月以來，讀了數百封委託信後精挑細選出來的。
委託人是一名在小城市裡教書的小學老師，那位老師也快要退休了。
那名老師覺得這個世界變得太可怕了，他希望孩子們能夠過上與現在完全不同的人生。在老師的想法裡，想要改變世界就要先改變政治。
——所謂改變政治不是人事調動或政黨輪替而已，而是要整個打掉重新來過。
這名老師的委託是殺掉三百名國會議員，恰巧毒藥和炸彈都是能夠一口氣殺掉許多人的武器。

小鬼和翁心很認真地思考要用什麼方式比較好，執行任務的日期就定在一星期後，那天正好要召開臨時會。

國會議事堂裡有二十四根柱子，這代表國會議員們必須在二十四節氣中，不斷地為人民努力，為人民著想。我忍不住想，如果國會裡頭的柱子有這一層意思在，那殺了國會議員們似乎也是件理所當然的事。《合氣道入門》中只引用了拿破崙的一句話。

如今你遭遇的不幸，是你過去某一段時間怠惰的報應。[8]

小鬼把炸彈裝在國會議事堂的二十四根柱子上，翁心則負責用安眠藥和催眠瓦斯把輔佐官和警衛等無辜人士弄到國會議事堂外。

爺爺奶奶在執行任務的時候，我和哥哥、姊姊、媽媽在漢江鋪了野餐墊，等著看國會議事堂爆炸。我們還點了炸雞，不過送來的時候都涼掉了，味道不怎麼樣。

——這間店早晚會倒閉。

媽媽說道。

就在我吃完最後一塊雞翅，拉開可樂拉環的瞬間，炸彈爆炸了。雖然相隔很遠，還是能清楚聽見那震耳欲聾的爆炸聲。

國會議事廳被夷為平地，機器人跆拳Ｖ突然從地底下飛了出來。

跑啊！跑啊！機器人！
飛吧！飛吧！跆拳Ｖ！
擁有正義拳頭的機器人跆拳Ｖ
勇敢又堅強，我們的好朋友
雙臂筆直地往前伸
朝著敵人飛上天空
好帥氣！好開心！跆拳Ｖ萬萬歲！
我們所向無敵的朋友，跆拳Ｖ！

8 格奧爾格．威廉．弗里德里希．黑格爾，《合氣道入門》，時代精神，一九九八，頁二八八。

——謝謝你救了我，朋友。

機器人跆拳V說完這句話後便朝著宇宙飛去。

上小學的時候，我曾經聽說過國會議事堂底下有機器人，也聽說過首爾塔會發射雷射光，但我從來沒相信過這些傳言。

但這世界上的事物並不是有人相信就一定存在，也不會因為有人不相信而不存在。有人相信這世上存在著信念、光榮和公平正義，但也有人不相信。最令人意外的是，人們似乎很輕易地就接受了機器人跆拳V的存在。但仔細想想，這也不是什麼值得大驚小怪的事，畢竟當今的世界，就算出現了比機器人跆拳V真實存在還要更誇張的事情，人們也不會感到意外。

機器人跆拳V的出現完全蓋過了國會議員死亡的事，新聞和報紙上都只有跟它相關的報導。看來對人們來說，國會議員並不是什麼重要的存在。

但一個意想不到的地方也受到了機器人跆拳V熱潮的影響。叔叔道場裡的門生全都跑去學跆拳道了，現在道場裡頭空無一人。

——早知道就開跆拳道館了。

叔叔說道。

為什麼機器人偏偏學了跆拳道呢？機器人合氣Ｖ唸起來的確是有點彆扭，但也有可能只是因為不習慣而已。

叔叔暫時中斷了調查南極和北韓的計畫，努力地發著道場傳單。

既然知道爸爸人在哪，就沒必要再繼續調查了。

北韓的最高領導人針對機器人跆拳Ｖ發表了一則聲明。

——據悉，傀儡逆賊敗黨把機器人藏在國會議事堂的地底下。但我們擁有愛國主義和團結一心，這比任何武器都還要強大。偉大的白頭靈將……

最高領導人的身後站著一排護衛總局的人員，而爸爸就在他們之中。

快的話一星期，慢的話三個月內，北韓可能會發生劇變。

其實老洪卸下家教一職之後，黑格爾還見過他最後一次。

一八一三年末，在反法同盟占據優勢後，萊茵邦聯正式解體，原本宣稱會保持中立的巴伐利亞也加入了反法同盟。一八一四年的三月，反法同盟占領巴黎之後，拿破崙便於同年四月向英國投降，結束了他的統治。

一八一四年的夏天，由奧地利、普魯士、俄羅斯和英國主導的維也納會議正式召開。而逃離厄爾巴島，試圖東山再起的拿破崙為了滑鐵盧戰役進軍，當時黑格爾就在街道上看著行軍，而老洪就在守護拿破崙的護衛軍之中。

——那是世界精神在移動。

黑格爾在觀看行軍時不由自主地說出這句話。雖然時間非常短暫，但黑格爾和老洪對上了眼，黑格爾微微地對老洪行了注目禮，老洪則坐在馬上，伸長了手指頭指向遠方。

一八一五年，拿破崙最終在滑鐵盧戰役中戰敗，歷史完全朝著黑格爾所希望的反方向發展。君主復辟的時代開始，革命的火花似乎也已經燃燒殆盡。但黑格爾對於守舊派提出的「解放德意志」總是抱持著譏諷的態度，他拒絕接受拿破崙垮台是法國大革命理念的失敗和衰落。

這時代的世界精神下達了前進的命令。[9]

——我也要說謝謝你，朋友。

我對著飛向宇宙的機器人跆拳V說道，沒有人知道它究竟去了哪裡。

#結束—再次—開始

我的第一個任務是殺掉因股份贈與問題，被迫進行延命治療的中小企業老闆，委託人是他的妻子。

我將兩名保鑣打昏之後進到了病房內。

我原本以為殺這個目標的時候並不需要用到任何武術，因為只要拿掉氧氣罩，目標就會死亡。但當我的手碰到氧氣罩的瞬間，我突然意識到這件事並不如我想的那麼簡單。

在己。

為己。

在己與為己。

9 格奧爾格・威廉・弗里德里希・黑格爾，《合氣道入門》，時代精神，一九九八，頁三〇〇。

這分明也是合氣道。

——謝謝你。

我一拿開氧氣罩，目標在嚥下最後一口氣的瞬間對我說。

——這本就是我該做的工作。

我對他說。

目標帶著安詳的表情離開了人世。

那天，我也決定了自己的任務代號。

——這裡是黑格爾，任務完成。

我執意要用無線電報告任務結果，但不曉得是不是沒人聽見，我並未得到任何回應。

代替作者的話

小說家適性測驗

測驗前注意事項

○本測驗為判斷是否具有撰寫小說資質的測驗，測驗共分為四大類型，題目為隨機出題。

○每一道題目有一至兩分鐘的時間限制，若無法在時間內回答，便會自動跳到下一題。請留意，假如未回答的題目達四成以上，便無法確認測驗結果。

○測驗中引用了世界各國小說的內文，除了小說之外，也有一些其他類型的文學作品，經重新編輯後組成測驗題目。依照諮詢委員會的決議，每兩年可更改一次測驗中所引用的例文。（著作權法第三十二條——除學校入學測驗之外，在其他與學識及技能相關的測驗或檢定之中，為求達到測驗及檢定目的

之前提下，可在必要時適當複製和印製出版物的部分內容。以營利為目的時則不適用於此條款。〈二〇〇九年四月二十二日修訂〉）

○自第一次應試之日起的一年內，最多可應考四次。每次應試後的三十日內不得再次接受測驗。

○本測驗為簡易型適性測驗，如欲接受更深度的測驗，請親自至小說管理公團應試。深度測驗包含面試、提交作品和筆試等內容，測驗日程為三天。

相關問題諮詢

松坡區小說管理公團——負責人李甲秀

聯絡電話：010-6274-1217

E-mail：cop40@daum.net

小說管理公團

2021小說家適性測驗

1.請閱讀下列文章，選出最符合文中「蝴蝶」一詞代表之意的選項。

（甲）

銘印——就像鴨子會認為出生後第一個看到的東西就是牠的母親一樣，人們也會一直記著在某些特別的瞬間和事件發生時所看到的東西。除此之外，在那段記憶中可能會出現與現有意義秩序完全不同的連結。例如在喝紅茶的時候目擊黛安娜王妃車禍現場的人，之後只要看到紅茶就會想起黛安娜王妃，而這樣的意義秩序只會在這個人身上發生。其實就算不是什麼特殊的事件，我們也經常能在日常生活發現這樣的現象，例如吃到刀削麵就會想起奶奶的父親，或是聽到某首歌就會想起過往戀人的人一樣。小說家在作品中經常會利用銘印效應，製造只會在小說中發揮效用的意義秩序。

（乙）

因為我曾經暗戀過那位教授，因為我當時只是個二十二歲的女子，所以我覺得這樣的事情原本就有可能會發生。

每當我走下那個樓梯時，總是會想起當時的陽光，還有教授與他的妻子抱著孩子，滿面笑容的模樣，但為什麼他們的模樣在我眼裡成了蝴蝶呢？我徑直朝著家中走去，把和別人的約拋在腦後。回到家後，我躺在床上，閉上了眼睛。但從那時候開始，那隻蝴蝶就再也沒有離開我的腦海過了，那是一隻顏色非常黃的蝴蝶。

空蕩蕩的大廳裡滿滿都是蝴蝶，無論是在地下鐵裡、行道樹下，還是人潮擁擠的大街上，蝴蝶就像雨水一樣，像魔術一樣在我的眼前翩翩起舞。

——安成昊（안성호）〈蝴蝶〉

①蝴蝶——悲傷
②蝴蝶——殺意
③蝴蝶——暗戀

④蝴蝶——教授的妻子

⑤蝴蝶——黛安娜王妃

2.根據問題1例文（甲）的內容，下文同樣寫到了父親與冥王星的「銘印」。請問關於父親的消失，最合理的推理是什麼？

父親在洗手間裡看著報紙，看著看著就突然消失了。父親當時閱讀的內容是科學版面中關於冥王星除名的報導。

——趙英雅（조영아）〈冥王星致木糖醇〉

①因為洗手間裡沒有衛生紙

②為了去天文台看冥王星

③因為他像冥王星一樣從某個地方消失了

④因為他不想再看到家人們

⑤為了到報社抗議

3.閱讀下述說明與例子後，選出和男朋友相同的語意網絡。

（甲）

結構——就結構上而言，處在同個位置的 a 和 b 隸屬於同一個語意網絡。

（1）

3＋a＝7

3＋b＝7

a＝b

（2）

繞著山城

繞著不斷堆疊起的悲傷

抬著棺

山城＝不斷堆疊起的悲傷

（乙）

同居兩年的男朋友突然收拾行李離開了。

「照顧好自己。」

「路上小心。」

他跟剛來的時候一樣，安靜地跨過了玄關。就像個原本就不在這裡的人一樣，他什麼也沒留下，他一直都是個沒什麼存在感的人。

我的情緒沒有任何起伏，照樣吃著早餐、洗碗盤、打掃和洗衣服。

（中略）

洗衣機故障了，家電用品壞掉的時候總是這麼突然，沒有任何預兆。我從洗衣機裡拿出還沒洗好的衣物，濕答答的衣服不停落下水滴，濕了我的腳背。

——金熙真（김희진）《衣服的時間們》

①行李

②玄關

③家電用品

④要洗的衣服
⑤腳背

4.請閱讀例文，對照畫底線的句子（甲）後，選出畫底線的句子（乙）最有可能想表達的意思為何者。

（甲）

我就說不用想得那麼嚴重了。簡單來說，就把那個當作是釣魚就可以了。

堀部說道。

中川站起身。

「你要去哪？」

「我去那邊游個泳再回來。」

中川急急忙忙地從石頭上跳下，接著朝河流的上游處跑去。

我走到廚房，刮了鬍子並洗了把臉。

（乙）

手指傳來陣陣魚腥味，就算用力搓洗也消除不了。妻子將洗乾淨的褲子和襯衫拿了出來。

——丸山健二〈夏天的河流〉

＊解題所需的內容簡介——「我」和堀部是管理死刑犯並負責執行死刑的監所管理員，兩個人因為從事這行很多年了，對這樣的工作非常熟悉。不過新進的中川對於要執行死刑這件事感到非常害怕，甚至因為無法下手，提出了想要辭職的想法。作為前輩，他們為了幫新人中川轉換心情，便帶著他去釣魚。

①他們釣到了非常多魚。

②「我」因為有嚴重的多汗症，手上很容易染上味道。

③執行死刑後，罪惡感（心裡的不適）沒有消失。

④洗手的時候不能只用清水。
⑤「我」是個嗅覺非常靈敏的人。

5. 請問哪一種小說結構與下圖相同？

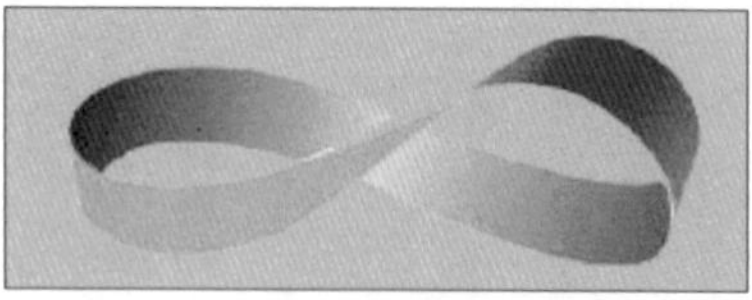

①漸進（增幅）結構
②延遲結構
③元結構
④反轉結構
⑤前景化結構

6. 請閱讀例文，對照畫底線的句子（甲）後，選出畫底線的句子（乙）最有可能想表達的意思為何者。

哥哥自從出院之後，就成了一個很有說服力的人。當哥哥買下說服力回到家時，我問了他那是什麼。

「說服力。」

哥哥回答道。

（甲）

「那不是手指虎嗎？」

我說。

「是說服力。」

哥哥把說服力戴到手上後又重複了一遍，我馬上就被說服了。哥哥就這樣在梨泰院晃悠了一個多月，最後成功說服了身高超過兩米高的黑人成為他的小弟。

（乙）

過沒多久，哥哥說服了他的導師，並離開了學校，其實他之前根本也沒有好好上學，在哥哥的缺曠紀錄上，出席、缺席、早退和遲到的數字都差不多。

——李甲秀（이갑수）〈阿普拉特爾〉

＊解題所需的內容簡介——哥哥是一個從小就到處和人打架的問題兒童。有一天，哥哥在梨泰院和一名黑人發生了爭執，最後還被對方打到住院。

①想要說服他人，最重要的是要滿懷真心。
②老師居然放棄學生，國教果然還是存在問題。
③哥哥似乎在學校做了一些暴力行為。
④哥哥因為住院跟不上課業的進度。
⑤學生不可以買手指虎。

7. 做為小說家從欺騙（反轉）讀者改成欺騙故事中角色的理由，請問下列何者並不恰當？

①因為作家前輩們已經使用過太多種「反轉」，讓新進作家們在這點上越來越難發揮。

②因為讀者們的閱讀能力越來越強，不太容易上當。

③因為讀者們發現自己被騙後會很難過。

④因為比起欺騙讀者，欺騙書中的人物會容易許多。

⑤因為在利用「欺騙結構」寫成的作品中，一旦知道自己被騙，閱讀的樂趣就會減半。

8.下文節錄自白嘉歆（백가흠）作家作品〈梨花凋謝〉的開頭，接下來水果園的老闆會持續虐待在小說中有智力障礙的男子與女子。請問白作家之所以會使用這樣的開頭，最有可能的原因是什麼？

女子小心翼翼地摘下梨花。她用指甲斷開花莖，用不會傷到枝椏的方式摘著花兒。女子並沒有將花瓣扔掉，而是將它們全都收集起來，放在另一隻手裡頭。當手心裡滿是花瓣，她便會開始等待風的到來，白色的梨花像雪花一般四處飄散，女子的臉上露出了燦爛的微笑。

「喂！臭女人！妳這是在做什麼？」

女人收起了臉上的笑容，手忙腳亂地開始手上的動作。

①因為作家小時候就是在梨樹園裡長大的。

②因為採水果是一件非常辛苦的體力活。

③刻意將梨花如雪般紛飛的美麗背景和虐待、暴力場景放在一起，製造衝突感。

④因為勞工的怠惰和勞僱雙方之間的衝突為結構性的問題，作者採用這樣的開頭是想為讀者們點明此結構。

⑤因為梨花的花語是溫柔的愛，作者想透過梨花表達這一點。

9.「今天高利貸業者會來我們家討債，他會穿著什麼樣的衣服，手裡又會拿著什麼樣的東西呢？」請問下列哪種組合會讓人留下最深刻的印象？

①黑色西裝——公事包

②黑色西裝——木棍

③學校制服——兔子娃娃

④運動服——棒球棒

⑤豹紋襯衫——鐵棍

10.下文節錄自黃正音（황정은）作家作品〈帽子〉的開頭，請問讀者們在閱讀到小說中畫底線的句子後，最恰當的反應是什麼？

> <u>三兄妹的父親經常會變成帽子。</u>
> 每次搬家的時候，老大第一件做的事就是拿起拔釘槌，拔掉釘在牆壁上的釘子。因為只要牆壁上有釘子，父親在家晃著晃著，就一定會掛到釘子上頭去，成為一頂帽子。

①承浩：沒錯，我爸爸也常常會變成帽子。

②宥真：父親變成帽子這句話本身就不合理，我不想看這本小說了。

③多瑛：父親變成帽子這句話代表什麼意思呢？看來只能邊閱讀邊思考背後代表的意義了。

④鎮宇：人類能夠變成帽子是一件非常驚人的事，這必須要盡快著手進行研究。

⑤朱熙：這裡所說的父親應該是個光頭，他因為每天戴帽子，所以最後自

己也成了帽子。我們必須要改變對光頭的刻板印象和歧視才對。

11. 小說中出現幻想和超現實等「託寓」時，作家們經常會將酒精、藥物和疾病作為「託寓」的依據，他們之所以這麼做的理由是什麼？

①告知酒精和藥物的危險性，替讀者的健康把關
②因為作家們本身就沉迷藥物，身體也因此有很多毛病
③因含義太薄弱，所以想藉此確保最低限度的或然性
④因為作家自己也不相信幻想和超現實
⑤因為這個世界可怕的程度，在意識清醒的狀況下是無法撐下去的

12. 下列何者並非極簡主義小說的特點？

①以短文為主，不複雜的散文風格。
②省略詳細的說明和附加敘述，將重心放在人物對話的敘事格式。

③用非常小的字體撰寫小說。

④時空的限制。

⑤暗示某些事件已經發生或即將發生，但真實情況是在小說裡幾乎沒發生任何事。

13.下文節錄自韓智慧（한지혜）作家作品〈關於過失的報告〉的第一段。韓作家將敘事定義為「隨著時間流逝所產生的人物（事件）的變化」，請問下列關於此小說結尾的推測，何者看起來最為合適？

時隔兩年，我穿上了高跟鞋，這是一雙七公分高的高跟鞋，同時也是我最喜歡的高度。每當穿上這個高度的高跟鞋，就能聽到鞋跟敲擊地板時最為輕快的噠噠聲，只要聽到那個聲音，我心裡就會變得輕鬆許多。我也很喜歡在這個高度望出去的世界，經過我身邊的大多數人視線不是跟我一樣就是比我低。這時候我脊椎的關節就會朝著天空挺直，無論見到誰都毫不畏懼。緊張感竄進我的身體裡肆意流動，面對這世界的意志是如此沸騰，就連進到我肺部深處的風都是那麼清新。

①尹彬：光看第一段就要推理出小說的結局，這根本一點意義也沒有，我才不做。

②俊赫：小說的結尾是不是以腳底按摩作結啊？

③希江：既然是從穿高跟鞋開始，結尾應該是脫下高跟鞋吧？還要一邊響起鞋跟敲地的噠噠聲。

④亨景：穿著高跟鞋出門的話應該會被搭訕吧？我猜結尾是和某個男人約會。

⑤智媛：高跟鞋很危險。我猜結尾是女人因為脊椎骨錯位，下半身留下永久殘疾，不停哭泣的場面。

14. 下文節錄自傑羅姆·大衛·沙林傑的小說《麥田捕手》，請問下列關於主角反覆詢問畫底線部分內容的推測，最合理的是哪一個呢？

司機是個有點狡猾的人。「這裡是單行道，沒辦法迴轉，所以只能先一路到九十號街才行。」

我並不想跟他爭論，於是只回了一聲「好吧！」。那時，我腦海裡突然浮現了一個想法。「司機先生。」我向司機搭了話。「你知道中央公園南側鄰近的湖裡有鴨子嗎？我說的是那個小小的湖。你知道湖面都結冰的時候，鴨子們會去哪裡嗎？」我當時想著，大概一百萬個人之中會有一個人知道這個問題的答案吧！

司機轉過頭來，用像看瘋子的眼神一樣看著我。「你問這個是想幹嘛？」

司機接著說，「你是在跟我開玩笑嗎？」

「我不是在跟你開玩笑，只是純粹感到好奇而已，沒什麼特別的原因。」

因為司機沒有回話，我也跟著閉上了嘴。

司機的名字叫做霍羅威茨，和先前載我的司機比起來，他人好上太多了。

總歸一句，我覺得他一定不知道那些鴨子們的事。

「你好，霍羅威茨。」我開了口。

「你有經過中央公園的湖過嗎？我說的是中央公園南側下方的那個湖。」

「你說什麼？」

「我在說湖，那邊那個小小的湖。就是那個有一群鴨子的湖啊！」

「我知道，怎麼了嗎？」

「那你知道在那邊游泳的鴨子們嗎？每到春天或是其他時候，我總能在那裡看到牠們。你知道牠們冬天都跑去哪了嗎？」

「你說誰？要去哪？」

「我在說那些鴨子們，你知道牠們去哪了嗎？我的意思是，是有人開著貨車來帶走那些傢伙們，還是牠們自己往南方或某處飛去了呢？」

霍羅威茨快速地轉過頭看著我，他是個性子很急的人，但不是什麼壞人。

「你問我我問誰啊？」霍羅威茨接著說，「我怎麼可能會知道這麼愚蠢的事呢？」

「好，你別生氣。」我說道。霍羅威茨看起來像是生氣了。

①道宇：因為他跟某隻鴨子感情很好，所以心裡很是擔憂。

②惠永：是不是在拐著彎說氣候危機引起的生態破壞問題呢？

③婁美：他把湖面結冰後無處可去的鴨子和自己化為一體，實際上是在問自己未來要怎麼做才好。

④奇賢：故意問一些無關緊要的問題，想要趁機請計程車司機替他的車資打個折。

⑤皓榮：我覺得他是在故意妨礙司機開車，想要間接造成意外的發生。

15. 下文節錄自黃正音（황정은）作家作品〈落下〉的第一個句子，請在下列選項中選出小說中最後一個句子。

正在落下。

①正在落下。

②一直在落下。

③正在上升。

④正在以越來越快的速度落下。

⑤停止了。

16.下文節錄自道格拉斯・亞當斯的小說《銀河便車指南》，作者之所以僅用畫線的那三行句子描述沃貢人們用雷射光消滅地球的場景，最合理的理由是什麼？

「我是銀河系超空間開發委員會的普羅斯特尼克・沃貢・傑爾茲。」那個聲音繼續說道：「我想各位都已經十分清楚，為了執行銀河系偏遠地區開發計畫，我們必須修建一條貫穿各位所在恆星系的超空間高速道路。令人遺憾的是，各位居住的地球隸屬於預計清除的行星列表之中。以地球時間來計算，清除過程兩分鐘內就能結束，感謝各位的聆聽。」

擴音器不再發出聲音。

毀滅光束從飛船艙門中傾瀉而出。

一陣令人毛骨悚然的寂靜。

一陣令人毛骨悚然的噪音。

一陣令人毛骨悚然的寂靜。

沃貢行星的工兵艦隊駛入有著滿天繁星的漆黑空間之中。

①雲浩：因為該場面太可怕，衝擊力道又很強，作者害怕讀者們會受到驚嚇，所以採用輕描淡寫的方式來敘述。

②宣祐：會不會是因為截稿日快到了，懶得繼續寫下去，所以才草草作結呢？

③恩英：因為在形容微觀或宏觀世界的東西時，比起重現該場景，以重複和暗示手法來描寫的效果會更好。

④泰勝：為了要表現出光束強勁的力道。

⑤姸周：作者原本應該寫得更長，是編輯做了刪減。大家不是都說美國出版社編輯的權限很大嗎？

17. 作家在小說中所寫的狀況、事由以及人物行動都必須要能夠說服讀者。在下列的說服方式中，何者最不恰當？

①重複描述某個場景或句子來說服讀者。

②讓讀者們看見與某些事由相關的事件，間接說服讀者。

③堅持己見就對了。

④作者先將自己代入讀者的位置，接著先表達自己也對某些狀況感到不合理，或是無法理解，不直接下定論，而是採用語帶保留的敘事方式。

⑤在小說中加入年幼的人物，讓讀者認為因為是小孩子，所以某些看似不合理的行動或思考方式其實都不是完全不可能的。

18.下文節錄自泰雷爾・米達納（Terrel Miedaner）的作品〈動物瑪莎的靈魂〉的最後一段，請選出瑪莎所說的最後一句話。

＊解題所需的內容簡介——別林斯基博士曾主張自己開發了能夠翻譯黑猩猩語言的裝置，後來卻以詐欺罪被告上法庭。在審判的過程中，別林斯基博士曾多次示範翻譯過程，甚至還讓法官親自向瑪莎提問，演示過程十分成功，法官也對結果感到很滿意。照現在的狀況來看，別林斯基博士應該能在一審判決勝訴，但沒人知道之後的狀況會如何發展。

當博士將糖果遞給黑猩猩時，費曼才突然意識到自己眼前正在發生什麼樣的事。他下令停止這場會殺死一條生命的實驗，但一切都已經來不及了。博士過去從未親手殺死自己的實驗動物過，他總是會將這件事交給助手負責。黑猩猩接過糖果的時候沒有任何懷疑，直接放入嘴裡咀嚼了起來。這時，別林斯基博士腦海裡突然浮現一個從未想過的實驗，他打開了開關。

「糖糖，糖糖，謝謝。別林斯基，幸福的瑪莎。」

接著，瑪莎停止發出聲音。瑪莎的身體在博士的雙臂中變得僵直，接著癱軟下來，就這麼死去了。

但瑪莎的大腦並沒有立刻死亡。

瑪莎的身體已經無法動彈，但牠身體中的某幾個迴路觸發了短暫的神經衝擊，這些衝擊透過翻譯機解讀後，「瑪莎痛苦，瑪莎痛苦」的聲音響起。

接下來的一到兩秒內，什麼事都沒有發生。隨機觸發的神經脈衝和這個沒有生命的動物已經再也沒有任何關係了。但最後一刻，微弱的神經脈衝向人們所在的世界發出了信號。

①好痛，瑪莎好痛。

②糖糖，糖糖，謝謝。

③為什麼？為什麼？為什麼？為什麼？

④別林斯基是壞人，詛咒，詛咒。

⑤別讓敵人知曉我的死。

19.下文節錄自孫昌涉作家小說《恐怖》，請試著寫出被擦掉的段落（自由作答題）。

＊解題所需的內容簡介——一直以來，無論看見什麼不公不義，吳某都會忍下來。就算自己上小學的兒子炳宇打人，吳某也從來不曾嚴厲地教訓兒子。某一天，炳宇回家的時候手指頭被人切斷了，吳某向警察報了案。從那天起，炳宇就陷入深深的恐慌之中，害怕自己的朋友，同時也是組織老大的張大植會殺了自己。看不下去的吳某只能將炳宇送到他阿姨家。而這天，張大植找上了吳某。

「請幫我把這個交給炳宇。」

張大植一邊說，一邊從自己的口袋裡拿出一把摺疊刀，他將刀刃彈出，這讓吳某嚇得連連往後退了幾步。但張大植拿出摺疊刀並不是想傷害吳某，他突然將自己右手的小指頭靠在大門的柱子上，接著用摺疊刀切斷了自己的小指。下一秒，少年強忍著痛，咬緊牙關，快速地從夾克的口袋裡拿出繃帶，一層一層地將手指上的傷口包紮起來。少年撿起掉落在地上，上面滿是塵土和血的手指頭說道：「拿給他的時候，順便告訴他我是個能做出這種事的男子漢。」

（中略）

這次張大植拉過吳某的手，用摺疊刀在吳某無名指的指尖劃出一道一公分左右的傷口，並吸吮著從傷口噴出的血液。

「好了，從現在開始，大叔跟我再也不是陌生人了。既然喝過了對方的血液，就代表我們的關係已經比父子還要來得更親近了。我們到死都不能分開，也不能背叛彼此，大叔必須要堅守這個秘密才行。假如違背約定，屆時就要以命相賠。」

說完這段語帶脅迫的話後，張大植猛地站起身來。

「未來只要有人想害大叔，無論對方是什麼樣的人，我不惜犧牲自己的生命也會幹掉對方，這點您大可不必擔心。今天我和其他兄弟還有訓練，就先走一步了，下次見面的時候我會私下聯絡您的。」

留下這樣一句話後，少年踩著沙沙作響的沙地，朝著天橋的方向走去。

殺手家族

適性測驗結果

很遺憾地必須告訴您。
您有成爲天才小說家的潛質。
未來的日子可能會過得十分艱苦。
即便如此，還是請您現在就立刻坐到書桌前，開始動筆寫小說。

國家圖書館出版品預行編目資料

殺手家族 / 李甲秀 著；丁俞 譯--初版.--臺北市：皇冠, 2022. 10
面；公分. -- (皇冠叢書；第5051種) (JOY；232)
譯自：#킬러스타그램

ISBN 978-957-33-3938-0(平裝)

862.57　　　111014193

皇冠叢書第5051種
JOY 232
殺手家族
#킬러스타그램

作　　者—李甲秀（이갑수）
譯　　者—丁俞
發 行 人—平雲
出版發行—皇冠文化出版有限公司
台北市敦化北路120巷50號
電話◎02-27168888
郵撥帳號◎15261516號
皇冠出版社（香港）有限公司
香港銅鑼灣道180號百樂商業中心
19字樓1903室
電話◎2529-1778　傳真◎2527-0904
總 編 輯—許婷婷
責任編輯—黃雅群
行銷企劃—鄭雅方
內頁設計—李偉涵
著作完成日期—2021年
初版一刷日期—2022年10月

法律顧問—王惠光律師

讀者服務傳真專線◎02-27150507
電腦編號◎406232
ISBN◎978-957-33-3938-0
Printed in Taiwan
本書定價◎新台幣320元／港幣107元